KB050499

암군키환

晴在歸還

암군커환
矯君歸來 3

초판 1쇄 인쇄일 2016년 10월 25일 │ **초판 1쇄 발행일** 2016년 10월 26일

지은이 용우 │ **펴낸이** 곽동현 │ **담당편집 팀장** 이범수
편집부 신연제 이윤아 홍현주 김유진 임지혜

펴낸곳 (주)조은세상 │ 출판등록 제 2002-23호
주소 경기도 연천군 미산면 청정로 1355
TEL 편집부 02)587-2966 │ FAX 02)587-2922
e-mail bukdu@comics21c.co.kr

ⓒ용우 2016
ISBN 979-11-5832-661-6 │ ISBN 979-11-5832-658-6(set) │ 값 8,000원

용우 신무협 장편소설

ORIENTAL FANTASY STORY

암군귀환

暗君歸還 ③

북두
(주)조은세상

CONTENTS

NEO ORIENTAL FANTASY STORY

骄君在下 22章

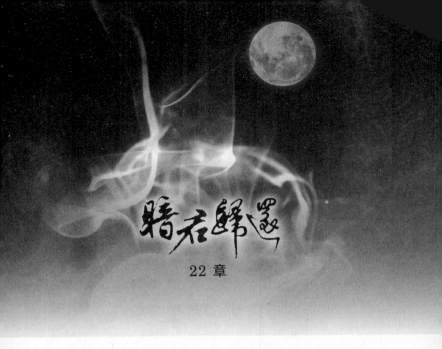

22 章

백마곡의 일이 있고 저택으로 복귀한 다음 날 휘는 혈룡
검을 챙겨들고 홀로 혈영곡을 찾아 나섰다.

본래 혈영곡을 서둘러 찾지 않을 생각이었지만, 그날 혈
마가 자신의 몸을 통해 펼쳐낸 그 강렬한 무공 앞에 휘도
흔들리지 않을 수 없었다.

거기에 백마곡의 일로 확실히 깨달았다.

자신이 알고 있는 미래와 이젠 많은 것이 달라졌다는 것
을.

'앞으로 있을 일을 대비하기 위해서라도 힘을 길러야 한
다.'

결국 힘을 쥐고 있어야 한다는 결론에 도달하자 즉시

혈영곡을 찾아 나선 것이다.

만약의 경우에 대비해 암영들은 전원 저택에 남겨놓았고, 혼자의 몸으로 휘는 혈룡검이 가르치는 방향으로 빠르게 움직였다.

홀로 움직이는 휘의 움직임은 그야 말로 바람과도 같았다.

저택을 떠난 지 겨우 열흘 만에 하북성을 빠져나가고 있었으니까.

길을 알아내는 것도 어렵지 않았다.

마치 이 순간을 기다렸다는 듯 혈룡검의 수실이 떠오르더니 가야하는 방향을 하루에 한 번씩 가리키고 있었다.

하루에 한 번이기에 자칫 목표했던 곳을 벗어 날 위험이 있지만 다행이 이곳까지 오는 동안 수실은 줄 곳 북동쪽만을 가리킨다.

파바밧!

휘익-!

순식간에 절벽을 타고 오른 휘가 멈춰 선다.

모습을 드러내는 기암절벽들!

차가운 바람이 당장에라도 몸을 날려버릴 듯 강하게 불지만 휘의 몸은 흔들리지 않는다.

"아직도 더 가야 하는 건가?"

이젠 중원의 끝자락에 도착했다.

움직이려면 더 움직일 수 있지만 정각이 되면 수실이 방향을 알려줄 것이기에 휘는 끈기를 가지고 기다렸다.

우웅.

그리고 정각이 되자 어김없이 혈룡검이 낮게 울고, 붉은 수실이 떠오르며 방향을 가리킨다.

"북쪽이라… 아직도 멀었다는 건가?"

우웅, 웅.

휘의 말에 대답이라도 하듯 울음을 터트리는 녀석을 툭 치곤, 휘는 다시 몸을 날렸다.

더 빠르게.

수실은 무려 한 달을 더 휘를 북쪽으로 이끌었다.

사람이 살 수 없을 것 같은 순백의 대지가 펼쳐지고, 숨통을 막아오는 눈 폭풍까지 경험을 했다.

그럼에도 끝끝내 북쪽으로 향하게 하더니, 결국 휘가 멈춰선 것은 얼음의 바다를 눈앞에 두고서였다.

휘이잉!

당장 몸을 얼릴 듯 차갑고 거친 바람이 연신 몸을 때리지만 휘는 아무렇지 않은 듯 주변을 둘러본다.

다른 사람이었다면 벌써 얼어 죽었을 테지만, 휘에겐 관계없는 일이었다.

대막에서와 같았다.

생강시기에 보통 사람의 범주를 뛰어넘는 내구성을 지닌 것이나 마찬가지기에 이 혹독한 추위에서도 어렵지 않게 버텨 낼 수 있는 것이다.

물론 아예 추위를 느끼지 않는 것은 아니지만, 그 정도는 가지고 있는 내공으로 충분히 막아 낼 수 있었다.

차고 넘치는 것이 내공이니까.

하얗게 얼어붙은 얇은 옷은 몸이 움직일 때마다 버석거리며 당장이라도 부서질 것 같지만, 용케도 견뎌낸다.

눈썹이 하얗게 물들어 갈 때쯤 혈룡검의 붉은 수실이 다시 한 번 허공에 떠오른다.

우웅, 웅.

"이런."

처음으로 휘의 얼굴에 당황스런 기색이 떠오른다.

혈룡검이 가리키는 그 끝이 바다 저편이었던 것이다.

배를 구할 수 있는 곳이라면 구해보겠지만, 사람의 흔적도 전혀 없는 혹한의 대지다.

설령 배가 있다 하더라도 바다 위로 둥둥 떠다니는 유빙에 금방 박살이 나버릴 것이 분명했다.

"어쩐다?"

나무라도 있다면 어찌 해보겠지만 보이는 것이라곤 얼음과 눈뿐이다.

얼마나 움직여야 하는 것인지 감이 잡히지 않은 상황에서 유빙을 잡아 움직이는 것은 위험부담이 컸다.

그렇게 휘가 고민을 하고 있을 때 혈룡검이 돌연 붉은빛을 뿌려 댄다.

번쩍!

정확히 바다 건너편으로 쏘아져 간 붉은빛.

그 모습을 지켜본 휘는 흥미진진한 얼굴로 먼 바다를 바라보았다.

생각해보면 혈마가 방법도 마련해 두지 않고, 이 거친 바다를 건너라 하지 않을 것이다.

그렇게 일다경의 시간이 흐르고.

구오오!

푸확!

몸을 떨리게 만드는 강렬한 울음과 함께 물 위로 솟구쳐 오르는 거대한 물체!

사람과 비교 할 수 없는.

오히려 바다에 떠다니는 유빙과 비교해야 할 것 같은 거대한 몸체의 주인이 모습을 드러내자 바다가 출렁이며 거친 파도가 밀려들었지만 휘는 조금의 미동도 없이 그것들을 기막을 일으켜 막아낸다.

"이거, 대단하네."

휘로서도 혀를 내두를 수밖에 없었다.

눈앞에 나타난 검고 흰 거대한 놈의 정체를 보면서.

"일각고래라니!"

거대하지만 초롱초롱한 눈망울을 자랑하는 놈.

하지만 그보다 먼저 눈에 띄는 것은 거대한 뿔이었다. 적을 단숨에 꿰뚫어 버릴 거대한 뿔.

책에서나 접했지 고래를 처음 보기에 단순히 거기에 놀란

휘이지만, 실제 바다 사내들이 녀석을 보았다면 단숨에 무릎을 꿇고 빌었을 것이다.

일반적으로 불리는 일각고래의 수십 배는 더 큰 덩치를 가지고 있어, 바다의 주인으로 불리어도 부족함이 없을 정도였으니까.

푸흑!

녀석의 숨구멍에서 뿜어져 나오는 거대한 물기둥을 뒤로하고 놈이 휘를 향해 거대한 입을 벌린다.

쿠아아아!

폭포가 쏟아지듯 강렬한 소리와 함께 쏟아져 들어가는 바닷물.

그 중심에 녀석의 혀가 외로운 섬처럼 떠 있었다.

마치 휘에게 이곳에 자리를 잡으라는 것처럼.

그 모습을 보며 휘는 망설임 없이 몸을 날렸다.

어차피 이곳까지 온 이상 물러설 생각도 없었고, 놈이 무슨 짓을 벌이든 이겨낼 자신이 있었다.

그렇게 휘를 입에 문 녀석은 즉시 입을 닫고 먼 바다를 향해 움직이기 시작했다.

멀고 먼 바다를 향해.

❖

천풍호리라는 이름을 얻은 이후 별짓을 다하고 다녔지만

지금처럼 자신이 죽을 것이라곤 조금도 생각지 못했다.

"쿨럭!"

"개새끼. 사람 힘들게 하고 있어."

"빨리 처리해. 시간 없어."

폐 깊숙이 검을 찔러 넣고도 마음에 들지 않는 듯 단가극이 검을 이리저리 돌리며 그렇지 않아도 죽어가는 천풍호리에게 극렬한 고통을 선사한다.

그 모습을 제지하고 나선 것이 마정필이지만 그의 얼굴에도 짜증이 깊이 서려 있었다.

하필이면 천풍호리가 교와 비밀리에 주고받은 서찰을 훔쳐 간 것이다. 암어로 적혀 있다곤 하지만 이것을 풀지 못할 것이라는 장담이 없었다.

결국 비밀을 위해 놈을 죽여야 했는데, 얼마나 빠르게 움직이는 것인지 두 사람이 따라 잡기 벅찰 지경이었다.

만약 놈이 계속해서 달렸다면 놓쳤을 것이지만, 다행이도 스스로 발목을 붙들게 될 섬서 성도 서안으로 향했다.

덕분에 놈을 붙들어 죽일 수 있게 된 것이다.

푸확!

마지막으로 검을 휘둘러 확실히 놈의 목을 베어버린 단가극이 검에 묻은 피를 털어낸다.

"아무래도 일이 커질 것 같지?"

"그렇겠지. 우리 둘로는 해결을 할 수 없는 문제가 되어버린 거다."

"후… 위에서 질책이 떨어지겠군."

"각오해야지. 애초에 서찰을 받자마자 소각하지 못한 것이 실수라면 실수지."

"미안하다니까. 나도 갑작스레 불려가는 바람에 잊은 것 뿐이야."

혀를 차며 단가극이 고개를 흔든다.

자신의 실수 때문이라곤 하지만 오는 내내 같은 소리를 들어 놓으니 이젠 미안하지도 않을 지경이었다.

마정필 역시 길게 잡고 있을 생각은 없었다는 듯 바로 말했다.

"일단 위에 보고하자. 생각은 위에서."

"행동은 우리가. 맞지?"

"그래. 일단 복귀하자."

그 말에 단가극 역시 고개를 끄덕이며 두 사람이 동시 몸을 날렸다.

그들이 사라진 뒷골목.

그곳엔 몸과 목이 분리된 천풍호리의 시신 만이 쓸쓸히 남았다.

섬서에서 시작된 소문이 빠른 속도로 불어나기 시작하더니 곧 무림을 뒤흔들기 시작했다.

본래 무림의 소문이라는 것이 진실과 거짓의 비율을 따지자면 거짓이 8할에 가까울 만큼 믿을 것이 없다지만 이번만큼은 달랐다.

소문을 들은 무림인치고 신경을 쓰지 않는 자가 없었다.

어느 날 섬서에서부터 시작된 기묘한 소문 하나.

벽력검이 나타났다!

몇 글자 되지도 않는 그 소문이 무림을 뒤흔들고 있었다.

게다가 그 진원지가 천풍호리라는 사실이 알려지자 더욱 사람들의 입소문을 타기 시작했고, 얼마 지나지 않아 무림 전체에 퍼져버렸다.

천풍호리가 제멋대로이긴 하지만 그 실력에 있어선 많은 이들에게 인정을 받은 자였던 만큼 그가 말한 것이 거짓일 확률은 너무나 작았다.

더욱이 벽력검이다.

다른 것도 아닌 무림삼대마검의 하나인 벽력검의 등장은 무림인이라면 누구나 관심을 가지게 만들었다.

전설에 등장하는 벽력궁의 전설을 고스란히 간직하고 있는 벽력검이다. 자신의 것으로 만들 수만 있다면 벽력궁의 모든 것을 이어 받아 무림 최강으로 우뚝 설 수 있을 수도 있는 것이다.

나도 벽력검신이 될 수 있다!

그 말도 안 돼는 믿음 하나로 무림인들의 발길이 섬서로 향하기 시작했다.

벽력검에 홀려 벽력실혼인이 될 수 있다는 위험성 따윈 생각지도 않았다.

자신이라면 얼마든지 벽력검을 다룰 수 있다는, 무림인 특유의 자신감으로 오직 벽력검을 손에 넣을 궁리만 하고 있었다.

섬서로 하나 둘 모여드는 무림인의 숫자는 늘어만 간다.

그나마 화산과 종남의 눈치를 보며 대형 문파는 아직 참여하지 않은 모양새였지만, 그것도 언제 바뀌게 될 것인지 알 수 없었다.

"지금으로선 지켜보는 방법밖엔 없네요."

모용혜의 말에 회의실에 앉은 오영들이 일제히 고개를 끄덕인다.

휘가 떠나며 임시 책임자로 모용혜를 지정했다.

꽉 막힌 오영들보단 모용혜가 좀 더 트인 생각을 가지고 넓게 볼 수 있다고 판단한 것이다.

"놈들의 함정이라는 판단입니까?"

백차강의 물음에 모용혜는 고개를 끄덕였다.

"이번 일이 일월신교의 짓이 분명하다면 그들이 노리는 목표는 무림의 혼란 이전에 앞서 우리가 분명 할 거예요. 그동안 저들의 발목을 잡아왔으니, 이번 기회를 빌려 확실히 처리하고 싶을 테죠."

"대신 많은 사람이 죽을 겁니다."

"자고로 보물엔 주인이 따로 있는 법이고, 탐욕을 낸 자는 죽어도 할 말이 없다고 하죠. 그게 무림이니까요. 하나하나 무림의 일에 모두 개입하려는 것은 불가능한 일이에요.

할 수 있는 것과 없는 것을 확실히 구분하는 것이 효율적이
죠."

차분한 그녀의 설명에 백차강이 고개를 끄덕이며 물러선
다.

오영들 중 머리를 가장 잘 쓰는 그가 물러서자 다른 오영
들은 할 말이 없다는 듯 고개를 흔든다.

할 말이 있다 하더라도 휘가 그녀를 책임자로 내세운 이
상 그들은 먼저 나서서 움직이지 않을 것이었다.

적어도 그녀가 실수를 하기 전까진.

조언이나 생각은 백차강 혼자만 나서는 것으로도 충분했
다.

"당장은 휘님도 안계시니까 현재를 유지하는 방향으로
잡고, 천탑상회가 중원에 자리를 잡을 수 있도록 도움을 주
는 것이 나을 것 같아요. 일단 천탑상회가 자리를 잡고나면
여러모로 쓸모가 많을 테니까요."

"전적으로 맡기겠습니다."

대답과 함께 고개를 숙이는 오영을 보며 모용혜는 빙긋
웃었다.

이들이 지금 보내는 신뢰는 자신을 향한 것이라기 보단
휘를 향한 것.

섭섭할 만도 하지만 그녀는 웃었다.

당장은 휘를 향한 신뢰만 존재하지만 곧 자신을 향하는
신뢰 역시 만들어질 것이란 사실을 잘 알기 때문이다.

그렇게 모용혜와 암영들이 조용히 자리를 지키는 동안 휘는 전혀 다른 상황을 맞이하고 있었다.

"이런 곳이 다 있군."

멍하니 놀란 눈으로 사방을 살피는 휘.

일각고래의 입을 통해 도착한 곳은 깊은, 아주 깊은 심해였다.

대체 이런 곳을 혈마는 어떻게 찾은 것인지 이해 할 수 없을 정도로 깊은 바다 속이었다.

붉은 수정이 은은한 빛을 뿌리는 거대한 동굴.

들어올 수 있는 곳이라곤 일각고래가 아직도 등을 내밀고 있는 밑바닥 입구뿐.

숨을 쉴 수도 있고 주변의 기운 변화도 존재하지 않는 그곳은 붉은 수정들로 기이한 빛을 뿌리며 환상적인 모습을 보여주고 있었다.

반짝인다 싶으면 어두워지고, 어두워진다 싶으면 반짝인다.

말로 설명 할 수 없는 기묘한 분위기가 눈을 사로잡고.

푸후-!

마치 빨리 안으로 들어가라는 듯 일각고래가 물을 내뿜자, 정신을 차린 휘는 천천히 안쪽으로 발걸음을 옮긴다.

저벅, 저벅.

조용한 공간에 발걸음 소리가 울린다.

기묘하게 겹치며 울리는 소리는 사람을 오싹하게 만들지

만 휘는 담담하게 주변을 둘러보며 앞으로 걸었다.

함정 따윈 없었다.

어차피 정해진 자가 아니라면 이곳에 들어올 수도 없으 니까.

그렇게 한참을 걸은 끝에 휘의 앞을 막는 거대한 문.

이곳의 수정을 깎아 만든 듯 투박하지만 문 자체의 기능 은 확실히 하고 있었다.

끼익.

힘을 주어 문을 열자 날카로운 소리와 함께 세월의 힘을 이겨내고 부드럽게 열린다.

좌르르르!

쏟아지듯 뿌려지는 붉은빛!

우우웅.

기다렸다는 듯 혈룡검이 반응하며 울음을 터트리자, 순 식간에 붉은빛이 줄어들기 시작한다.

순식간에 이루어진 그 짧은 시간.

휘의 온 몸이 축축해졌다.

식은땀으로.

"방금은 대체…."

멍하니 중얼거리는 그.

방금 전의 붉은빛에 압도된 것이다.

마치 살아있는 듯 녀석은 단숨에 자신을 집어 삼키려고 했었다. 그것을 혈룡검이 막아선 것이다.

만약 혈룡검이 아니었다면 놈에게 집어 삼켜졌을 것이 분명했다.

오는 동안 함정이 없다고 해서 한순간 마음을 놓았던 것이 자칫 돌이킬 수 없는 강을 건너게 만들 뻔했다.

그 사실에 놀라며 휘는 천천히 방 안으로 발걸음을 옮겼다.

다시 한 번 붉은빛이 달려들 수도 있지만, 방금 전처럼 혈룡검이 알아서 막아낼 것이라 판단한 것이다.

방은 그리 크지 않았다.

좌우로 이 장 정도.

대신 벽을 가득 채우는 글씨와 그 중앙에 한 사람이 가부좌를 틀고 앉아 있었다.

살아있는 듯 생생한 모습으로.

머리카락이 흰색이지만 그 얼굴엔 주름도 없고, 잘해봐야 사십대 초반의 얼굴 행색이다.

다부진 얼굴과 몸을 지닌 그.

보는 순간 알았다.

"당신이 혈마로군."

벽을 가득 채운 글씨는 모두 10개의 장으로 나뉘어 있었다.

1~3장은 혈마 본인의 이야기가 쓰여 있었다.

자신이 왜 혈마가 되었는지, 어떻게 자신의 무공이 만들어졌는지, 이곳을 왜 만든 것인지에 대한 것이 적혀 있었다.

이후 4~9장까지는 혈마의 독문무공.

혈마공(血魔功)에 대한 것이 빼곡하게 써져 있었다.

마지막 한 장에는 어떠한 글도 적혀 있지 않았다.

그에 대한 설명도, 단서도 남겨져 있지 않았지만 휘는 대수롭게 생각하지 않았다.

이런 구조에선 미리 벽면을 만들어 둘 수밖에 없고, 그 위로 글을 써야 하는데 마지막 장을 채우지 못했을 뿐이라 생각한 것이다.

설령 다른 의도로 그렇게 만들어 놓았다 하더라도 상관없었다.

이곳의 모든 것을 받아들이고 나면 저절로 알게 될 테니까.

동부엔 먹을 수 있는 식수만 존재 할 뿐 먹을거리는 남아 있지 않았지만 휘에겐 상관없는 이야기였다.

최소한의 식사로도 한 달은 거뜬한 그다.

이곳에 오기 전에 사냥을 통해 고기를 섭취한 것이 며칠 되지도 않았고, 시간이 길어진다면 저곳에 있는 물만으로도 충분히 버틸 수 있었다.

"어쩌면 이런 이유 때문에 나 같은 놈이 선택을 받은 것일지도 모르겠군."

쓰게 웃으며 휘는 혈마공으로 눈을 돌렸다.

이제 휘가 해야 하는 것은 하나.

최대한 빠른 시간 안에 저것을 자신의 것으로 만드는 일이었다.

그렇게 한 달이 흘렀다.

고오오오.

적막한 동부를 채우는 기괴한 소리.

그렇지 않아도 붉던 동부는 붉은 빛으로 가득 채워져 있었다. 그 중심에 휘가 있었다.

웅웅.

휘의 몸에서 끊임없이 흘러나오는 붉은 기운.

검 붉은색도 아닌 순수한 붉은색이 특유의 빛을 발하며 동부를 가득 채우는 모습은 기괴하면서도 아름다웠다.

그렇게 한참을 동부를 채우던 기운들이 일순 빠른 속도로 휘의 몸으로 빨려 들어간다.

"후…!"

번쩍!

긴 숨을 토해내며 두 눈을 뜨자 붉은 광채가 서렸다가 사라진다.

"드디어 혈마공을 제대로 익힌 건가. 어렵군, 어려워."

휘 조차 혀를 내두를 정도로 혈마공은 심오했다.

그나마도 자신을 만든 혈마제령공이 아니었다면 이 짧은 시간에 자신의 것으로 만들어 내지 못했을 것이었다.

혈마공을 익히며 알아낸 것이지만 혈마제령공은 혈마공을 익히기 위한 일종의 기초단계나 마찬가지였다.

중간에 여러모로 변형이 되어 제령공으로 변하긴 했지만 그 본질은 어디까지나 혈마공.

'어쩌면 그것까지 혈마는 계산에 두고 만든 것일지도 모르지. 그렇기에 이제 것 누구도 혈룡검의 주인이 될 수 없었던 것이고.'

완전한 혈마공을 익히는 것만으로도 휘는 이제까지와 비교 할 수 없을 정도로 강한 힘을 발휘 할 수 있을 것이라 생각했다.

당장 몸 구석구석에서 느껴지는 힘은 차원이 다른 것이었다.

더 놀라운 것은 이게 끝이 아니라는 것이었다.

아직도 휘가 올라서야 할 경지는 남아 있었고, 혈마공의 특성상 그 진정한 위력은 피가 난무하는 전장에서 발휘된다.

얼마나 강해질 것인지 휘 본인도 알 수 없을 정도였다.

그때였다.

파삭, 파사삭.

푸스스…!

마치 휘가 혈마공을 자신의 것으로 만드는 것을 기다렸다는 듯 멀쩡하던 혈마의 시신이 무너져 내린다.

가루가 되어.

그 갑작스런 현상에 휘가 놀라는 것도 잠시.

혈마의 시신이 사라진 그 자리에 작은 책 하나가 놓여 있었다. 자신의 시신이 사라지면 나타나도록 만든 혈마의 안배일 것이다.

혈마제령공.

짧지만 강한 힘이 느껴지는 첫 장의 글을 보며 휘는 이것이 자신이. 그리고 암영들이 생강시가 된 것을 풀 수 있는 단서가 될 것이라 느꼈다.

떨리는 손으로 책장을 넘길수록 휘의 얼굴엔 놀라움만이 가득했다.

결론만 놓고 말하자면 이것은 손상되지 않은 혈마제령공이자, 그것의 파훼법이었다.

"혈마공을 익힌 나는 이게 필요 없겠지만, 암영들에겐 꼭 필요한 것이겠어."

혈마공을 익히며 자연스럽게 혈마제령공을 풀어 완전히 자신의 것으로 받아들인 휘와 달리 암영들은 오영을 제외하면 혈마제령공의 제어 속에서 벗어나질 못하고 있었다.

하지만 이 내용을 따르면 그들을 자유롭게 풀어 줄 수 있을 것이 분명했다.

뿐만 아니라 중요한 사실 하나.

"생강시가 아니었구나."

생강시라 생각했던 것도 휘 본인의 판단일 뿐이었다.

혈마제령공에 의해 만들어진 몸은 겉으로는 생강시와 다를 것이 없지만 정확하게 따지면 생강시는 아니었다.

진짜 생강시라면 먹을 필요도, 쉴 필요도 없으니까.

오직 혈마제령공의 효능에 의해 몸이 더 강화되어 튼튼해졌을 뿐인 것이다.

부작용으로 정신이 제압을 당하는 것뿐이지, 그것 자체만 놓고 본다면 무림에서도 수위를 다툴 무공이었다.

혈마가 이곳 혈영곡에 들 수 있는 자격을 혈마제령공에서 벗어난 자에게만 둔 것도 혈마공을 익힐 수 있는 기초를 닦기 위함이었다.

또한 그 정도는 되어야 혈마공을 익히며 정신이 파괴되는 것을 막을 수 있었고.

혈마공 또한 마공인지라 경지를 넘기 전까진 마기의 침투를 피할 수 없었던 것이다.

피를 이용하는 무공이기에 여타의 마공보다 더 위험했고.

그 모든 안배가 맞아떨어져야만 혈마의 진짜 무공이 잠들어 있는 이곳 혈영곡에 들 수 있는 것이고 말이다.

반대로 혈마제령공을 벗어날 재목이 없다면 혈마의 무공은 영원히 사장 되었을 수도 있는 일이었다.

다행이 휘의 등장으로 인해 그럴 일은 없어졌지만.

'나도 다시 시간을 거슬러 돌아오지 않았다면… 이곳에 올 일은 없었을 테지.'

"어쨌거나 당장 중요한 것은 혈마공을 완전히 내 것으로 만드는 일. 혈마공을 내 것으로 만들어야 암영들의 금제를 풀어 줄 수 있으니…."

고개를 끄덕이며 자리에서 일어선 휘는 이곳을 나가기 위해 몸을 돌렸다. 그 순간.

쩌적!

우르르르…!

굉음과 함께 벽이 무너졌다.

아무것도 써져 있지 않던 벽이 무너져 내리고, 그 안으로 지금 있는 곳과 비슷한 넓이의 동부가 새로이 모습을 드러낸다.

조심스럽게 그곳에 발을 딛자.

부글부글.

붉은 액체가 끓고 있었다.

마치 피와도 같은 액체는 마치 뜨거운 온천수처럼 끓어오르며 묘한 기운을 내뿜고 있었고, 그것을 본 휘는 마치 무언가에 홀린 것처럼 자연스럽게 그 안으로 들어갔다.

첨벙.

꼬르륵.

머리끝까지 잠수를 한 휘는 그 안에서 가부좌를 틀고 혈마공을 운용하기 시작했다.

휘는 몰랐지만 이것은 혈마가 마지막으로 안배해 놓은 곳으로 혈마의 정수가 담긴 것이나 마찬가지였다.

이곳의 모든 기운을 자신의 것으로 만드는 순간.

휘는 진정한 혈마의 후계로서 새로운 혈마로 태어나게 될 것이었다.

第23章
黑暗中的猎骑

23 章

벽력검의 출몰 소식은 무림인들을 섬서로 끌어들이기에
부족함이 없었다.

손에 넣고 그 비밀을 푸는 순간 전설의 벽력궁으로 가는
길이 열리고, 그 안에 잠든 벽력궁의 막강한 무공을 손에
넣을 수 있는 것이다.

그렇게만 된다면 천하제일의 자리에 올라서는 것도 어렵
지 않은 일.

천하제일이란 꿈을 꾸는 무림인들이 수도 없이 섬서로
몰리기 시작했다.

그 숫자는 어마어마할 정도였지만 정작 대문파들은 움직
이지 않고 있었다.

이유는 단 하나.

사천에서의 사건이 터지고 그리 오래되지 않았음에도 불구하고 또 벽력검이란 사건이 터진 것이 의문스러웠기 때문이었다.

게다가 백마곡의 참사에 대한 범인도 밝혀지지 않았고, 그 외에도 무림 곳곳에서 벌어지는 일들이 묘하게 돌아가고 있기 때문이었다.

때문에 눈치가 빠른 대문파들은 움직임을 자제하고 상황을 지켜보되, 진짜 벽력검이라면 언제든 움직일 수 있도록 준비해놓고 있었다.

달리 말하면 언제든 원하는 물건을 손에 넣을 자신이 있다는 것과 크게 다르지 않았다.

그 사실을 알면서도 무림인들은 섬서로 몰렸다.

당연한 일이었다.

벽력검을 손에 쥐고 대문파를 따돌릴 수만 있다면 천하제일의 자리가 눈앞에 있는 것이나 마찬가지니까.

"현재 섬서로 몰려들고 있는 무림인의 숫자는 최소 5만 이상으로 곧 대형문파들이 움직이기 시작하면 최대 10만에 달하는 숫자가 섬서에 집결할 것으로 판단됩니다."

"십만! 십만이라… 엄청난 숫자로군. 어중이떠중이들은 다 몰려들었겠군."

"그리 판단하고 있습니다."

수하의 보고에 태각주는 마음에 드는 듯 웃는다.

섬뜩하기만 한 그 미소에 회의장에 자리한 태각의 무인들은 등 뒤로 식은땀을 흘렸다.

실수에서 시작한 이번 벽력검 계획은 태각에서 책임지고 진행을 하고 있는 중이었다.

이번 계획의 성공을 위해 태각의 주요 고수들이 모두 움직일 예정이었고, 이를 위해 교주의 허락까지 맡은 상황.

"이번 일은 반드시 성공해야 할 거야. 그래야 지금까지의 실수를 완벽하게 만회할 수 있을 테니까. 실패는 생각하지 않는 게 좋을 거야. 네놈들이나, 나나 이걸 유지하기 어려울 테니까."

툭툭.

손가락으로 자신의 머리를 툭툭 치는 태각주를 보며 무인들의 얼굴이 굳는다.

그렇지 않아도 이번 일의 중요성을 깨닫고 각자 최선을 다하는 중이었다.

실패를 용납지 않는 일월신교의 방침을 깨고 그동안 태각에 책임을 묻지 않은 것은, 대계의 마지막을 앞두고 있기 때문이었다.

그렇지 않았다면 진즉 책임을 물렸을 테지만, 마지막을 앞두고 스스로 전력을 깎을 필요는 없다는 교주의 판단으로 인해 지금까지 버틸 수 있었다.

허나, 이번이 마지막 기회였다.

목숨을 부지하고, 상처 입은 명예를 회복 할 수 있는

마지막 기회!

태각주의 말처럼 이번 일까지 실패한다면 더 이상 목숨을 부지하기 어려울 것이었다.

"최선을 다하겠습니다!"

목이 터져라 외치는 수하들을 보며 태각주는 당연하다는 듯 고개를 끄덕인다.

"죽고 싶지 않으면 해야지. 종남을 움직여. 종남이 움직이면 다른 놈들도 움직이게 될 테니까."

"아직 종남에는 놈이 살아있습니다."

"선운검(鮮雲劍) 하상준…."

으득!

이를 악무는 태각주.

현 장문인인 선운검 때문에 종남을 거의 손아귀에 넣고서도 흔들질 못하고 있었다.

역대 종남 최강의 무인으로 평가 받는 그이기에 종남파의 사람들치고 그를 따르지 않는 이가 없을 정도였다.

덕분에 종남의 수뇌부 거의를 손에 넣고서도 함부로 움직일 수가 없었다. 그가 움직이면 종남의 수많은 제자들이 움직이게 될 테니까.

"영향력이 커도 너무 큽니다. 저희 사람을 움직여 이번 일에 동참하자고 설득해도 그의 성정이라면 움직이지 않을 것이 분명합니다."

"쯧쯧. 좋은 방법 없나?"

그 물음에 구석에 앉아 있던 한 사내가 손을 들었다.

"말해봐!"

"이번 기회에 그를 죽이는 것이 어떻습니까? 사인은 벽력검 소유자의 폭주 정도면 괜찮을 것 같지 않습니까?"

그의 말이 끝나기 무섭게 태각주의 눈에 이채가 서린다.

그럴듯했기 때문이다.

벽력검을 손에 넣은 자들 중에 벽력실혼인을 면한 자는 없다고 전해지니 선운검을 죽이기에 딱 좋은 구실이었다.

게다가 그의 죽음으로 종남이 움직일 구실까지 생겨나니 그보다 좋을 수 없었다.

"놈을 종남에서 끌어낼 구실은?"

문제는 장문인인 그를 문파 밖으로 끌어내는 것.

그 물음에 의견을 제시했던 사내가 제대로 답하지 못하자 태각주는 혀를 찼다. 그리고 잠시 생각한 뒤 입을 열었다.

"놈을 끌어내는 것은 단가극과 마정필에게 위임한다. 이번 실수를 만회할 기회를 주는 것도 나쁘지 않겠지."

그 둘이라면 선운검을 밖으로 끌어내는 것이 불가능하진 않을 것이었다. 조용히 밖으로 끌어 낼 수만 있다면 선운검을 죽이는 것은 그리 어려운 일이 아니었다.

중원의 무학은 자신들의 무학에 미치지 못하니까.

정통 일월신교의 무공을 익힌 자라면 중원 무인들의 위에 서는 것이 당연하다고 생각하는 것이 그들이다.

선운검 역시 마찬가지였다.

그의 실력이 뛰어나다곤 하나 어디까지나 중원의 일.

자신에겐 미치지 못한다고 생각했다.

"마무리는 내가 한다. 움직여라."

"존명!"

싸늘한 웃음과 함께 명령을 내리자 일제히 외치며 밖으로 향하는 태각의 무인들.

태각의 무인 전부가 동원되어 벌어지는 작전이다.

"실패는 용납되지 않는다⋯."

실패는 곧 죽음이었다.

❖

휘이잉!

거세게 부는 바람에 살이 떨어져 나갈 것 같은 고통을 느낄 정도로 혹한의 대지로 불리는 북해(北海).

열 걸음만 걸어도 날씨가 바뀐다 할 정도로 변화무쌍한 대지는 결코 사람이 살 수 없을 것 같았지만, 이 혹한의 대지에 뿌리를 내리고 살아가는 사람이 있었다.

식물을 재배한다는 것을 꿈도 꾸지 못하는 곳이기에, 대부분의 사람들은 오직 사냥을 통해 식량을 조달한다.

때론 적대 마을을 습격해서 식량을 빼앗아 오기도 할 정도로 오직 살아남기 위해 전투적으로 변한 사람들.

중원인과 서역인을 섞어 놓은 것 같은 그 외모는 독특하면서도 묘하게 매력 있는 얼굴들이었다.

그런 북해인들이 모여 만들어진 것이 북해빙궁(北海氷宮)으로 이들의 목적은 단 하나.

북해인의 보호와 원활한 소통이었다.

그렇지 않아도 적은 숫자의 북해인들끼리 싸우지 말고 적절한 타협점을 찾자는 것이다.

물론 처음부터 빙궁이라는 이름이 붙은 것은 아니었으나, 이젠 북해 유일의 무림문파이자 북해의 주인이라는 것에 의문을 다는 사람은 없었다.

북해의 중앙.

그곳에 북해빙궁이 자리를 잡고 있었다.

북해에서 쉽게 볼 수 없는 어마어마한 규모의 성채를 지어 놓은 채.

빙궁이 자리 잡고 있는 곳은 북해에서도 기후의 변화가 적고, 따뜻할 뿐만 아니라 북해 어디에서도 찾아오기 쉬운 곳이었다.

철저히 실용성을 따지는 북해에서 이런 규모는 낭비라고 생각하기 쉽지만, 빙궁은 북해의 모두를 포용해야 하는 곳.

몇 년을 주기로 대혹한의 시기가 돌아오는데, 그때만큼은 모든 북해인들이 이곳 빙궁에 모여 대혹한이 끝나길 기다린다.

그때만큼은 그 어떤 사람이라도 빙궁 이외의 장소로 나가다니지 않는다.

밖에 나갔다간 얼어 죽기 딱 좋기 때문이다.

이때 북해빙궁은 북해주민들은 먹여 살리기 위해, 비축했던 식량들을 풀어낸다.

오직 이 시기를 넘기기 위해 북해빙궁의 규모가 이렇게 커진 것이다.

"들어서 알고는 있었지만 굉장하네."

멀리 보이는 북해빙궁의 어마어마한 규모를 보며 휘는 감탄했다.

겹겹이 쌓은 성벽 위로 오랜 세월 눈과 얼음이 붙으며 마치 얼음으로 만든 성채와 같아져 신비한 모습을 만들어 낸다.

부족했던 무림에 대한 정보를 습득하며 들었던 것이 북해빙궁에 대한 것이었다. 전생에서도 북해빙궁과의 접점은 없었으니 이것이 처음 그들을 보는 것이다.

중원으로 돌아가야 할 휘가 이곳에 있는 이유는 단 하나.

길을 잃었기 때문이었다.

오는 동안에는 혈룡검의 안내로 길을 잃지 않고 달려갈 수 있었지만, 돌아오는 길은 아니었다.

차라리 중원이었다면 어떻게든 방향을 잡았겠지만 이곳은 북해.

오가는 사람도 없고, 사방을 둘러봐도 보이는 것이라곤

눈과 얼음 뿐.

밤하늘마저도 시기가 좋지 않았던 탓인지 깨끗하게 보이질 않아, 제대로 된 방향을 잡을 수 없었고 그렇게 북해를 헤매는 도중 이곳을 발견한 것이다.

"빙궁의 위치가 북해의 중앙이라고 했으니 그래도 반쯤은 왔다고 봐야 하려나?"

휘이잉─.

불어오는 바람이 차갑지만 휘는 아무런 영향을 받지 않았다. 이전보다 훨씬 더.

혈영곡에서 얻은 막대한 내공과 혈마공은 휘를 이전과 비교되지 않을 수준으로 올려놓아 주었다.

오죽하면 휘 스스로도 그 정도를 가늠하지 못할 정도였다.

"굳이 조용히 있는 자들을 자극할 필요는 없겠지."

빙궁에 방문을 해볼까도 했지만 자신이 기억하는 한 빙궁이 중원을 향해 움직였던 적이 없었다.

게다가 북해를 수호하며 조용히 지내는 그들을 굳이 중원으로 끌어들일 필요가 없다고 생각했기에 휘는 조용히 물러났다.

어차피 북해빙궁을 찾았으니 이제 제대로 된 방향을 잡고 달리는 일밖에 남질 않았다.

굳이 저들의 도움을 받을 필요가 없었다.

파바밧!

눈을 튀기며 휘의 신형이 거친 바람을 뚫으며 빠른 속도
로 중원을 향해 움직인다.

북해빙궁을 뒤로하고.

❖

"허허, 보고를 통해 알고는 있었지만 생각보다 심각하구
나. 너희들 말처럼 이 눈으로 직접 보길 잘했어. 글로만 봐
선 이 사태를 제대로 파악하질 못할 뻔 했구나."

장문인 선운검(鮮雲劍)의 말에 그의 양측에 선 단가극과
마정필이 아니라는 듯 고개를 저었다.

종남 특유의 무복이 아닌 길거리 어디서나 흔하게 볼 수
있는 복장으로 갈아입은 터라 세 사람이 종남의 무인이라
는 것은 아는 사람이라도 만나기 전엔 누구에게도 들키지
않을 것이었다.

다른 수하들은 대동하지 않고 세 사람이 이렇게 종남산
을 내려온 것은 벽력검의 소문에 몰려든 무림인들의 실상
을 확인하기 위해서였다.

보고를 통해 이야기는 들었지만 눈으로 보는 것도 중요
할 것 같다는 마정필의 설득이 먹혀들었던 것이다.

종남에서 제법 거리가 있는 도시.

평상시라면 무림인을 보는 것이 어려운 곳이지만 며칠
전부터 무림인이 아닌 사람을 보는 것이 더 어려워져 버린

곳이었다.

당장 사고가 터진 것은 아니지만 그들이 내뿜는 흉흉한 기운에 일반인들이 외부로 활동하는 것을 꺼려하고 있었다.

이대로라면 아무리 불가침의 관계라 하더라도 관에서 움직일 것이 분명했다.

그들이 움직이면 섬서를 대표하는 문파 중 하나인 종남도 작지 않은 피해를 입을 것은 자명한 사실.

그러기 전에 미리 이들을 막아설 필요가 있었다.

"드러나지 않은 물건 때문에 섬서 전체가 화약고가 되어 버렸구나. 이대로라면 본 파에도 결코 작지 않은 영향이 미칠 것이니 좋은 일이 아니야."

"저 역시 그리 생각합니다. 하루라도 빨리 섬서 전체를 안정시킬 필요가 있다고 봅니다. 어쩌면 이번 일을 기회로 이곳에서 본 파가 사람들에게 또 다른 인정을 받을 수 있을지도 모릅니다."

단가극의 말에 선운검은 고개를 끄덕여 동의했다.

섬서하면 떠오르는 것은 화산이고 그만큼 섬서 사람들치고 화산을 모르는 사람이 없었다.

같은 구파일방이라곤 하지만 그들의 이름에 비해 무게가 떨어지는 종남으로선 이번을 기회로 삼아 섬서 사람들에게 종남의 이름을 심어주는 것도 나쁘지 않았다.

아니, 오히려 더 높이 올라갈 기회가 될 것이었다.

흐뭇한 눈으로 자신의 곁에 선 단가극과 마정필을 보는 그.

'이들로 인해 본 파는 더 높은 곳을 향할 수 있을 것이야. 어쩌면 화산을 뛰어넘을 수 있을 지도… 내가 살아 그 모습을 볼 수 있으면 좋으련만.'

자신의 기대대로 화산을 뛰어넘는다 하더라도 수십 년이 지나 벌어질 일이기에 자신의 눈으로 그것을 볼 수 없다는 사실이 아쉬웠다.

그때가 되면 자신은 자연의 품으로 돌아가 있을 테니까.

그렇게 세 사람은 인근의 도시 몇 곳을 거치며 상황을 살피곤 종남으로 복귀를 위해 서두르기 시작했다.

상황을 눈으로 봤으니 이제 남은 것은 적극적인 조치였다.

실체가 드러나지도 않은 벽력검을 가지고 이렇게 많은 무인이 몰려드는 것은 분명 좋지 않은 일이었으니까.

푸드득!

종남으로 향하고 있던 그때 하늘에서 날아든 전서구로 인해 셋의 발걸음이 멈춰 선다.

능숙하게 전서구를 불러들여 녀석의 목에 걸린 서찰을 풀어 읽는 마정필.

전서구를 다시 날려 보내곤 선운검을 바라보며 말했다.

"이 앞으로 무림인들이 많이 몰려있으니, 정문을 이용하지 말고 후문을 이용해 달라는 전갈입니다."

"허! 본 파의 앞에 그리 많이 모였다는 것인가?"

"아무래도 본 파가 움직이면 그 뒤를 따르려는 자들이겠지요. 그들 중에 장문인을 아시는 분이 있을 수도 있으니 뒤로 움직이라는 것 같습니다. 아무래도 조용히 나왔으니 조용히 들어가는 것이 옳겠지요."

"괜한 소동을 일으킬 필요는 없겠지."

고개를 끄덕이며 납득한 그와 단가극, 마정필이 다시 움직이기 시작했다.

찰나의 순간 마주친 두 사람의 눈은 웃고 있었다.

후문이라곤 했지만 종남파에 후문은 존재하지 않는다.

그럼에도 후문이라고 칭한 것은 사람의 눈에 띄지 않는 곳을 통해 달라는 일종의 은어였다.

그에 맞추어 세 사람은 종남의 정문에서 한참을 돌아 종남산 뒷자락을 타고 오르기 시작했다.

산을 오를 수 있게 정비가 되어 있는 정문과 달리 이쪽은 사람의 발길이 없는 곳이라 정해진 길도 없고, 대부분이 깎아지는 절벽으로 이루어진 곳이라 어지간한 무인들도 꺼려하는 곳이었다.

물론 세 사람에게 해당되진 않는 일이었지만.

가벼운 몸놀림으로 나무 위를 다니고, 절벽이 나오면 어렵지 않게 타고 오른다.

그렇게 종남산 깊은 곳에 도착했을 때.

단가극과 마정필의 시선이 마주치고.

"질문을 드려도 되겠습니까?"

단가극의 갑작스런 물음에 선운검의 시선이 그에게 향하는 그 순간.

마정필의 손이 움직였다.

푸확!

우드득!

일체 방어를 취하지 못한 채 옆구리를 내어 준 선운검의 몸이 휘청이고, 갈비뼈가 부서지는 느낌을 확실히 받은 마정필은 차갑게 웃으며 허리춤의 검을 뽑아 들기 위해 움직인다.

갑작스런 공격에 극렬한 고통을 받으면서도 몸을 바로 잡으며 자신을 공격한 마정필에게 시선이 향하는 순간.

푸확!

단가극의 검이 무심하게 배를 가른다.

"컥!"

단발의 비명과 함께 주저앉는 그.

무림에서 이름 높은 고수라곤 생각지도 못할 정도로 허무하게 무너진 그를 보며 단가극과 마정필이 차가운 미소를 지으며 다가섰다.

"어, 어째서…?"

"뭐가 어째서야. 원래 이러려고 했던 거지. 생각보다 늦어졌을 뿐, 이미 종남은 우리 손에 떨어졌다고."

"쓸데없는 소리하지 마."

"뭐 어때. 어차피 여기서 죽을 놈인데."

마정필의 말에 단가극이 어깨를 으쓱이며 동의한다.

"쿨럭! 어째서… 대체, 왜?"

피를 토하는 선운검.

갑작스런 공격이었다곤 하나 무방비로 당한데다, 상처가 컸다. 신선이 달려와 치료를 한다 하더라도 살아남지 못할 만큼.

여전이 믿을 수 없다는 눈으로 자신들을 바라보는 선운검이 마음에 들지 않는다는 듯, 마정필의 검이 무심하게 그의 심장에 틀어박힌다.

콰직!

"말이 많네, 말이 많아."

"서둘러. 최대한 흔적을 조작해야 하니까."

"이런 것까지 해야 한다니, 귀찮긴 하네."

"우리가 자초한 일이니 별 수 없잖아."

"쩝."

입을 다시며 마정필이 검을 뽑아 든다.

꿀럭, 꿀럭.

상처를 통해 피가 흘러나오고 완전히 눈을 감은 그의 시신을 어렵지 않게 들쳐 메고 사라지자 단가극은 흔적을 지웠다.

핏방울 하나 남지 않을 정도로.

그리고 다음날 소문이 들불처럼 퍼지기 시작했다.

"벽력실혼인이 종남 장문인 선운검을 죽였다!"

그것이 불러온 파동은 무림을 뒤흔들었다.

움직이지 않고 있던 대문파들이 일제히 움직인 것은 당연한 것이고, 종남파서 대대적으로 나섰다.

장문인이 죽임을 당했다는 것은 종남으로서도 치욕적인 일이었기에, 복수를 위해 장로회의 만장일치로 임시 장문인으로 단가극을 선출하고 종남파 총동원령을 내렸다.

총동원령은 본파의 무인뿐만 아니라 속가제자들까지 집결을 시키는 것으로 어지간한 위기나 긴급상황이 아니라면 내리지 않는 명령이지만 이번만큼은 달랐다.

사건이 사건인 만큼 최대한 빠른 시간에 해결을 하며, 종남의 힘을 중원 전역에 똑똑히 보여줄 필요가 있는 것이다.

그렇게 내려진 총동원령에 종남산에 몰려든 인원만 1만에 달하고 있었다.

시간이 흐르면 더 많은 사람이 모여들 테지만 당장 섬서에 모여 있는 무림인들이 벽력실혼인의 흔적을 찾아 움직이고 있기에 종남에서도 움직여야 했다.

기껏 총동원령을 내려놓고서 다른 자에게 벽력실혼인이 처리된다면 씻을 수 없는 치욕만 남을 뿐이니까.

종남이 움직이자 섬서에 몰려든 무림인들은 더욱 빠르게 움직일 수밖에 없었다.

당연한 일이었다.

종남이 본격적으로 움직이면 복수란 대의명분을 앞세운

그들의 앞을 막을 수 없을 테니 말이다.

그렇게 섬서 전체가 시끄러울 때.

일월신교는 가짜 벽력실혼인을 내세울 준비를 하고 있었다.

파직, 파직!

검을 감싸고도는 벽력의 기운을 살핀 태각주는 만족스런 미소로 고개를 끄덕이며 눈앞에 선 사내의 어깨를 두드렸다.

"이번 일을 성공으로 이끌면 네 가족들은 대대손손 걱정 없이 먹고 살 수 있을 정도의 보상을 받게 될 것이다. 실패는 용납하지 않는다. 오직 성공만이 보답을 받을 수 있는 길이 될 것이다."

"명심하겠습니다."

아직 어려 보이는 사내였다.

창백한 얼굴과 야윈 몸을 지니고 있는.

검이나 제대로 들어보았을까 싶을 정도지만 그래서 이번 일에 지원을 했다.

무림인의 집합체인 일월신교에서 무공을 제대로 쓰지 못하는 그로선 가족을 책임지기 어려웠다.

그렇기에 목숨을 잃는 한이 있어도 막대한 보상이 따르는 이번 일에 선뜻 지원을 한 것이다. 비록 자신은 죽겠지만 가족들은 앞으로 먹고 사는데 지장이 없을 테니까.

각오가 선 그의 눈을 보며 태각주는 그저 웃었다.

'이런 눈을 한 놈들은 제대로 일을 해주지. 이번에는 괜찮겠어. 아주 느낌이 좋아.'

속으로 녀석을 칭찬하는 것과 달리 그의 입은 차가운 음성을 쏟아낸다.

"네게 주어질 일월단(日月丹)은 모두 셋. 그걸 모두 사용해라. 그러면 벽력실혼인에 버금가는 힘을 보일 수 있을 테니."

"알겠습니다."

"좋아. 벽단공(霹短功)만을 철저히 사용해라. 무림에 벽력검이 나타난 지 오래기 때문에 충분히 속아 넘어갈 거다."

"예."

툭툭.

어깨를 몇 번 더 두들겨준 태각주가 돌아서서 움직인다.

벽단공은 벽력궁의 무공을 흉내 내어 만든 것으로 그 이름에서 알 수 있듯 완벽한 실패작이었다.

필요로 하는 내공은 어마어마한데 그 위력은 보잘 것이 없었다. 오죽하면 이걸 만들어 낸 사람조차 한탄을 했겠는가.

세월이 흐르며 일월신교로 흘러들었지만 누구하나 거들떠보지 않았는데, 이렇게 사용되고 있었다.

그 위력은 형편없지만 적어도 겉으로 드러나는 모습은 벽력실혼인이 사용하는 무공과 크게 다를 것이 없었다.

애초에 무림에 수많은 종류의 무공이 있지만 벽력(霹靂)
의 기운을 이용하는 무공은 손에 꼽을 정도였다.

그만큼 강력하지만 위험을 동반하는 무공이기에 익히는
것도, 만들어 내는 것도 어려운 일이기 때문이었다.

어쨌거나 그런 벽단공이지만 일월단과 합쳐지면 그 위력
은 상상을 초월한다.

일월단은 신교 안에서도 귀하게 취급받는 것으로 어마어
마한 기운을 품고 있어, 섭취하고 자신의 것으로 소화시킬
수만 있다면 수십 년의 내공을 단숨에 얻을 수 있었다.

다만 이걸 소화시키지 못한다면 반대로 일월단에 잡아먹
힌다.

생명력의 근원이라 할 수 있는 진원진기를 불태워 막대
한 힘을 전달하는 것이다.

진원진기가 떨어지는 그 순간.

일월단을 섭취한 자가 맞을 미래는 죽음뿐이었다.

그런 일월단이 무려 셋.

이는 곧 사내에게 죽음으로서 반드시 임무를 완수하라는
것이었다.

그렇게 가짜 벽력실혼인이 준비되고 처음으로 투입이 된
것은 종남에서 멀지 않은 여차산이었다.

콰지직!

"크아악!"

"사, 살려…!"

번쩍!

우르르릉!

갖은 비명소리와 함께 들려오는 뇌성.

뇌성이 울릴 때마다 사방에 피가 튀고, 비명소리가 여차 산을 뒤흔든다.

온 몸에 뇌전을 두른 사내의 등장.

"벽력실혼인이다!"

"잡아라!"

순식간에 눈앞에서 죽어가는 사람들을 보고서도 달려드는 무림인들.

마치 불을 향해 달려드는 부나방들 같았다.

우르르릉!

다시 한 번 사내의 손에 들린 검이 뇌성을 토해내고.

사방이 피로 물든다.

그것이 벽력실혼인의 첫 등장이었다.

"진짜일까요?"

모용혜의 물음에 회의장에 앉은 누구도 쉽게 대답하지 못한다.

벽력실혼인의 등장과 함께 섬서. 아니, 중원 무림은 경악과 혼돈에 빠져들었다.

그동안 한발 물러서 있던 대문파들이 일제히 움직인 것은 물론이고, 종남파는 아예 총동원령까지 내린 채 움직이는 중이었다.

이대로 충돌을 일으킨다면 상상 할 수 없을 만큼 많은 피가 흐르게 될 것은 자명한 일.

그렇기에 의견을 나누기 위해 모였는데, 모용혜는 오히려 그들에게 반문을 던지고 있었다.

"전에도 이야기 했지만 이번 일은 놈들의 계획일 확률이 높아요. 그런 상황에서 휘님도 없는 상황에서 우리끼리 움직이는 것은 적잖은 부담이 될 거예요."

"그렇다고 불필요한 희생을 지켜만 보고 있을 순 없지 않습니까? 이제까지 저희가 움직였던 것도 그런 희생을 줄이기 위해서였습니다."

모용혜의 말을 받고 나선 것은 백차강이었다.

그의 말에 모두들 고개를 끄덕이며 동의했지만 모용혜는 고개를 저었다.

"이젠 상황이 달라졌어요."

"상황이 달라졌다는 것은 무슨 뜻입니까?"

"어느 정도 피가 흐를 때가 되었다는 거죠. 중원 무림은 오랜 시간 지속되어온 평화 때문에 큰 싸움 경험이 없어요. 일월신교가 진짜 앞으로 나설 것이라면 차라리 이번 기회에 어느 정도 경험을 쌓게 하는 것이 나을 지도 몰라요. 또한 일월신교에 대한 정보를 무림에 풀어내는 것도 그들을 막아설 방법이 될 수 있어요."

"흐음…."

그녀의 말에 백차강은 쉽게 입을 열지 못했다.

사실이기 때문이다.

중원 무림은 오랜 시간 평화롭게 지냈고, 덕분에 대규모 싸움을 겪어보지 못했다.

뿐만 아니라 곳곳에 일월신교의 간자들이 숨어 있음이니, 차라리 이번 기회에 경험을 쌓게 하고 일월신교에 대한 것을 은밀히 흘려내는 것이 나을 지도 몰랐다.

다른 곳도 아니고 일월신교에 대한 것이니 만큼 무림의 방향이 바뀔 수도 있는 일이었다.

한손으로 막는 것보다 여러 손으로 막는 것이 더 쉽다는 것은 세 살 박이 아이라 하더라도 알 수 있는 일이니까.

"휘님의 부재가 아쉽긴 하지만 지금은 할 수 있는 일에 집중하는 게 나아요. 다행이 천탑상회가 중원에 빠른 속도로 자리를 잡고 있으니 차후에는 큰 신경을 쓰지 않아도 될 것 같아요."

모용혜의 말처럼 천탑상회는 빠른 속도로 중원에 뿌리를 내리고 있었다.

대막상인들 특유의 부를 아끼지 않고 풀고 있을 뿐만 아니라, 중원에서 귀한 서역의 물건들을 집중적으로 들여 놓으며 고위층을 공략한 것이 주효했다.

더불어 망해가는 중원 상단을 매입하며 그 덩치도 빠른 속도로 불려가고 있었다.

물품이 다양해진 것은 말할 필요도 없었다.

이대로만 움직일 수 있으면 향후 십년 안에 중원에서 손에 꼽히는 규모로 확실한 뿌리를 내릴 수 있을 것이다.

"이번 일에는 관여하지 않아요. 일단 휘님이 돌아올 때까진 현 상태를 유지하는 것이 나을 것 같아요. 우선 일월신교에 대한 소문을 낼 준비만 해두는 걸로 하죠."

 그 말과 함께 회의가 파했다.

 이번 회의가 가져온 것은 지난번과 크게 다를 것이 없지만, 구심점인 휘가 없다는 것이 점점 크게 느껴지고 있었다.

猎右家鲜 24 章

24 章

"올 때가 되었는가?"

밤하늘을 바라보며 별을 바라보는 노승.

회색 가사는 오래되어 여기저기 헤진 곳이 많으나 소중히 다루는 것인지 더럽진 않았다.

계인은 찍혀있지 않지만 반듯하게 밀어버린 머리와 배꼽까지 흘러내린 긴 수염은 보는 이로 하여금 뭔가 있을 것 같아 보이게 한다.

도관을 쓰고, 도복을 잘 차려 입으면 신선이라 불러도 될 정도로 노승의 인상은 부드러웠다.

타닥, 타닥.

노승의 앞에 피워 올려 진 모닥불이 타오르며 주변을

밝힌다.

그렇게 한 시진 쯤 지났을까.

부스럭.

수풀이 흔들리며 한 사내가 모습을 드러낸다.

"잠시 실례하겠습니다."

정중히 고개를 숙여 인사하며 일정 거리 안으로 들어오지 않는 사내.

장양휘였다.

북해를 떠난 그가 마침내 중원의 끝자락에 도착한 것이다.

"허허, 어서 오시게. 이곳에 앉으시게나."

"아닙니다. 길만 가르쳐 주시면 바로 떠나도록 하겠습니다."

"괜찮으니 앉게나. 추위를 느끼지 못한다고 해서 몸을 함부로 굴려서야 되겠나. 여기 싸구려긴 하지만 괜찮은 차가 있으니 몸을 녹이시게."

"…감사합니다."

고개를 숙이며 다가서는 휘의 얼굴은 굳어 있었다.

처음엔 길을 물어보고 바로 움직이려했었다.

하지만 이어지는 노인의 말에 휘는 자리를 뜰 수 없었다. 마치 자신에 대해 잘 알고 있는 말투이지 않은가.

철저히 자신을 감추고 움직여온 상황에서 자신을 아는 자가 나타났다는 것은 휘로선 쉽게 넘어 갈 수 없는 일이었다.

'그보다 어디선가 들어본 것 같은 목소리인데?

어디선가 들어본 것 같은 목소리.

사실 거기에 더 이끌렸고, 그렇기에 두 번 거절하지 않고 모닥불 앞에 앉았다.

그리고 보았다.

노승의 얼굴을.

"혜천대사님!"

"허허허, 소승이 혜천인 건 사실이나 대사라 불릴 정도는 아니라오. 게다가 초면인데도 소승의 이름을 안다는 것이 꽤 재미있구려."

"…흠. 그리 따지면 혜천대사께서도 저에 대해 잘 알고 계신 듯합니다."

그의 말을 듣고서야 자신이 실수했음을 깨달은 휘가 뒤늦게 말을 돌렸지만, 때는 이미 늦어 있었다.

하지만 어쩔 수 없는 일이다.

혜천대사는 전생에서 휘에게 천부경을 알려주었던 사람으로 지금의 자신이 있게 만든 일등 공신과도 같았다.

'언젠가 만나게 될 것이라 생각은 했지만 이런 시기에.'

당황스러우면서도 반갑다.

복잡한 눈빛의 휘를 보며 혜천대사는 이해한다는 듯 고개를 끄덕이며 입을 열었다.

"당황스러울 것이네. 하지만 걱정 마시게. 추궁할 생각은 조금도 없음이니. 그저 하늘이 만나라 하여 만난 것일 뿐이니까. 그게 아니었다면 적어도 이번 생에선 만나지 않으려 했다네. 지난번과는 많은 것이 달라졌으니."

쿵!

망치로 머리를 한 대 내려 맞은 것 같은 충격이 느껴진다.

아무렇지 않은 듯 익숙하게 모닥불에 주전자를 올리는 혜천대사이지만 그의 말이 뜻하는 바는 하나.

"전…생을 기억하십니까?"

"허허허. 기억하는 것이 그대만 일리가 없지 않은가. 그저 움직이는 것이 허락되지 않았을 뿐이니."

빙긋 웃는 그에게서 휘는 알 수 없는 충격과 공포, 반가움 등 말로 할 수 없는 감정을 느껴야 했다.

"당황할 것 없네. 기억은 하지만 자네처럼 움직일 수 있는 자유를 받진 못했으니. 그리고 내 명은 그리 길지 않다네."

"그, 그게 무슨 말씀이십니까?"

전생에서 혜천대사는 어마어마한 고수였다.

당시 무림에서 휘를 막아낼 자가 거의 없었는데, 혜천대사는 휘를 몇 번이나 막아내었을 뿐만 아니라 몇 번이고 물러서게 만들었었다.

그 과정에서 천부경을 얻을 수 있었지만, 어쨌거나 그토록 막강했던 고수가 생명이 얼마 남지 않았다는 것은 쉬이 믿을 수 없었다.

"시간을 거스른다는 것은 많은 부담을 가지고 있다네. 그것이 개인의 목숨이 되든, 기억이 되든, 능력이 되든 말이네.

하늘이 내린 시간을 거스르는 것이니 당연히 문제가 없을 리 없지."

"허면 또 다른 사람이 있을 수도 있다는…."

"걱정 말게. 자네와 나를 제외하면 없으니까. 그나마도 내 명이 끝나고 나면 자네 밖에 남질 않겠지."

"쉽게 이해가 되지 않습니다."

휘의 말에 혜천대사는 마침 끓어오른 차를 나무를 깎아 만든 잔에 따라 준다.

"허허, 쉽지 않을 걸세. 나 역시 쉬이 이해가 되지 않는 일이니. 하지만 이것이 모두 하늘의 뜻이라 생각하면 간단한 일이라네. 이해되지 않을 것을 이해하려 드는 것보다 차라리 흘려보내는 것이 나을 때도 있는 법이니."

점점 복잡해지는 이야기에 휘가 고개를 저었고, 그에 혜천대사는 빙긋 웃으며 찻잔을 들었다.

후루룩.

고급스런 차는 아니지만 차 특유의 맛과 기운을 충분히 느낄 수 있을 정도로 깨끗한 차였다.

어지간한 고급차들 보다 나을 정도로.

"너무 많은 것을 하려들지 마시게. 아는 만큼 모든 것을 할 수 있다고 생각하지 말게. 사람은 할 수 있는 것이 정해져 있음이니, 자신이 할 수 있는 것에만 집중하게. 하나만 파고들어도 평생 끝을 볼 수 없는 것이 많음이니, 여러 곳에 정신을 팔지 말게나."

"그 말씀은 무림의 일보다 일월신교에 집중하시라는 겁니까?"

"무림은 무림대로 살아갈 것이네. 그것이 불가능하다면 없어지는 것도 나쁘지 않겠지."

"제가 나서지 않아도 괜찮다는 말씀이로군요."

"자네가 나섬으로서 많은 피를 흘리지 않을 순 있겠지만, 본래 흘려야 할 피가 막히면 막힐수록 그 반동은 어마어마한 것이네. 그것을 과연 자네가 받아 낼 수 있을 것인가?"

"…알고 있던 미래가 뒤틀린다는 것이로군요."

혜천대사의 말을 휘는 용케도 알아들었다.

이미 자신이 알고 있는 미래와 많은 것이 달라지기 시작했고, 곧 자신이 아는 것은 아무런 소용이 없게 될 것이다.

그것이 뜻하는 바는 여러 가지지만 결정적인 것은 놈들에게 확실한 우위를 점했던 것을 내려놓아야 한다는 것이다.

물론 그만큼 무림의 힘을 보존 시킬 순 있었지만 과연 그것이 자신이 기대하는 만큼 큰 역할을 할 수 있을 것인지에 대해선 휘 스스로도 확신을 가지지 못하고 있었다.

"이미 천기가 바뀌었네. 그렇기에 내 명이 다하기 전에 자네를 만나러 온 것이네. 그렇지 않았다면 굳이 찾지 않았을 테지."

타닥, 탁.

타오르는 모닥불을 보며 휘는 많은 생각에 휩싸였지만, 곧 털어내었다.

이제와 이런 저런 생각을 한다고 해서 해결이 될 문제가 아니었다. 앞으로의 일은 자신이 해결해야 할 것이었고, 굳이 미래를 알지 못한다 하더라도 괜찮았다.

이젠 힘이 있으니까.

전생과 비교 할 수 없는 힘과 자유.

두 가지면 충분했다.

복수를 위해선.

그런 휘의 생각을 읽은 것인지 혜천대사가 입을 연다.

"난 자네가 무슨 일을 벌이든 막을 생각은 없네. 하지만 하나 경고해주고 싶다네."

"무엇을 말입니까?"

"힘에 취하지 말게."

"…예?"

"힘에 취해 움직이지 말고, 자신의 뜻대로 움직이게. 그것이야 말로 자네가 원하는 것을 얻을 수 있는 길이 될 것이니."

"대사님 그게 무슨 말씀이신지 잘 모르겠습니다."

"그저 지금은 그렇게만 알고 있게나. 이제 많은 것이 바뀌게 될 것이네. 그때가 되면 굳은 심지를 가진 자만이 우뚝 설 수 있을 것이야. 자네는 부디 그러길 바라네."

후룩.

그 말을 끝으로 혜천대사는 더 이상 말문을 열지 않았다.

휘가 여러 질문을 해도 마찬가지였다.

더 이상 할 말이 없다는 그의 얼굴을 보며 휘는 복잡한 감정에 휩싸였다.

당연한 일이다.

무엇하나 제대로 알려주는 것도 없으면서 머리만 복잡하게 만들었으니.

그렇다고 무시하자니 그럴 수도 없었다.

무시하기에는 혜천대사의 이름이 너무 무거웠다.

스윽.

결국 자리에서 일어나는 휘.

"당장은 무슨 말씀이신지 모르겠습니다. 하지만 만약 그때가 온다면 대사님의 말씀을 떠올리도록 노력하겠습니다. 부디 다음에 다시 꼭 뵐 수 있었으면 합니다."

조용히 고개를 숙이고 사라지는 휘.

그런 휘의 뒷모습을 보고 있던 혜천대사.

완전히 휘가 사라진 것을 확인하자 그가 자리에서 일어섰다.

"나도 그랬으면 좋겠네만, 아무래도 내 명이 다한 모양이야."

부들부들.

힘겹게 일어서는 그의 몸은 심각할 정도로 떨리고 있었다.

당장 쓰러져도 이상할 것이 없을 정도로.

태연하게 차를 끓이고 휘에게 이야기를 하던 모습은 사라지고 없다.

"자네의 앞에 수많은 역경이 있겠지만 잘 해낼 수 있을 것이라 믿네. 더 많은 것을 알려주고 싶지만 그럴 수 없음이니, 이 마음 답답하기 그지없다네."

휘적거리는 발걸음으로 숲으로 사라지는 그.

그 움직임에 생명의 기운은 더 이상 느껴지지 않았다.

한편 혜천대사와 헤어져 빠른 속도로 남하하는 휘의 얼굴은 펴질 줄 몰랐다.

그러다 결국 이름도 모를 산의 절벽 위에 멈춰 섰다.

"대체 이해 할 수가 없단 말이지. 나만 돌아온 것이 아니라, 혜천대사님까지도 돌아왔어. 그럼에도 불구하고 대사님은 문제가 있고 내겐 아무런 문제가 없단 말인가?"

의문은 그것부터였지만 꼬리에 꼬리를 물고 의문이 일어나는 동안 확실한 해답은 단 하나도 나오지 않았다.

어차피 자신이 시간을 거슬러 다시 눈을 뜬 것도 있을 수 없는 일이었다.

"이해되지 않는 것을 이해하려 들기 보단, 흐르는 대로 내버려 둬라… 인가?"

고개를 흔든다.

휘잉.

그제야 절벽의 바람이 불어오는 것이 느껴진다.

얼마나 집중했던 것인지 매서운 칼바람이 부는 데도 그것을 조금도 알지 못했다.

"어쩌면… 또 다른 누군가도 돌아왔을 수도 있어. 최악의 상황을 가정해야해."

결국 휘가 내릴 수 있는 결정은 하나뿐이었다.

최악의 상황을 가정 하는 것.

자신 이외에 또 다른 누군가가 시간을 거슬러 돌아왔다면, 그 역시 자신이 기억하는 한에서 최고의 자리를 노리고 있을 것이었다.

휘가 혈마공을 익혔듯 무림 최강이라 불리는 또 다른 무공에 손을 뻗었을 수도 있다.

그런 것들을 가정하면 한도 끝도 없겠지만 이젠 어쩔 수 없는 일이었다.

그야 말로 최악의 상황을 상정해 놓지 않으면, 진짜 그때가 왔을 때.

제대로 힘을 쓰지 못할 테니까.

"지금은 할 수 있는 일을 하자. 지금은."

마지막 말에 힘을 주어 자신에게 다짐하듯 말을 하곤 다시 몸을 날린다.

그 어느 때보다 휘의 두 눈이 번들거리고 있었다.

❖

섬서의 상황은 극도로 나빠지고 있었다.

벽력실혼인의 움직임은 동서남북을 가리지 않고 모습을 드러내고 있었는데, 문제는 그때마다 어마어마한 희생을 치르고 있다는 것이었다.

마치 기다렸다는 듯 대문파들의 전력이 지나가고 난 뒤를 휩쓴다던지, 서로 손발이 맞질 않아 헤어지는 무림인들의 무리를 정확히 공격했다.

이럴 줄 알았다는 듯 말이다.

덕분에 놈을 잡기 위해 공개적으로 움직인 종남파는 매번 허탕을 치고 있었다.

그건 다른 문파들 역시 마찬가지인 상황이었지만 종남의 경우엔 놈을 반드시 해치워야 할 대의명분이 있기 때문에 더 다급한 상황이었다.

놈을 죽이고 선운검의 복수를 공개적으로 끝내야만 새로운 종남의 시대를 열 수 있었다.

때문에 섬서 전체에 종남의 제자들이 돌아다니고 있지만 놈을 붙드는 것은 결코 쉬운 일이 아니었다.

게다가.

대문파들이라 불리는 자들이 은근슬쩍 발을 들여 놓고 있었다.

대의명분은 종남의 손에 있지만 벽력실혼인이 피해를

키우기 전에 없앤다는 명분은 누구에게나 있는 것.

그들이라면 벽력실혼인을 제거하고 벽력검을 빼돌리는 것 역시 어렵지 않은 일이었다.

제 아무리 종남파라 하더라도 그들과 맞붙는 것은 쉽지 않은 선택이고.

결국 문제는 누가 놈을 잡느냐였다.

우르릉!

강렬한 뇌성과 함께 순식간에 피바람이 몰아친다.

"아악!"

"컥!"

상처마다 불로 지진 듯한 흔적이 선명하게 남는다.

그것이야 말로 벽력실혼인 특유의 흔적 중 하나.

달려드는 무림인들을 보며 사내 강유는 속으로 놈들을 비웃었다.

'보물에 미친놈들!'

놈들이 바라는 것이 무엇인지 잘 알고 있었다.

자신의 손에 그럴싸하게 만들어진 채 쥐어진 가짜 벽력검. 그것을 진짜로 착각하고 달려드는 것이다.

놈들 덕분에 가족들이 걱정 없이 살 수 있게 되었지만, 강유는 바보 같다고 생각했다.

겨우 이딴 것에 목숨을 걸다니 말이다.

욱신, 욱신.

몸 구석구석 아프지 않은 곳이 없었다.

제대로 된 무공을 익히지 않은 상태에서 일월단의 힘이 넘치도록 몸을 맴돌았고, 벽단공을 통해 발출한다.

그 힘의 여파는 강유의 몸을 좀먹고 있었다. 이 길의 끝에 무엇이 있는 지, 누구보다 잘 알고 있지만 강유는 멈추지 않았다.

우르릉!

또 한 번 뇌성이 터지고.

사방에서 피가 솟아오른다.

솔직히 말해서 기분이 좋았다.

평생 제대로 된 무공을 익히지 못할 것이라 생각했는데, 이렇게라도 어릴 적 꾸었던 꿈을 이루어 낸 것 같아서 좋았다.

'그러니까. 와라! 다 죽여주마!'

강유의 검이 화려하게 움직인다.

멀리서 그 모습을 보고 있던 마정필의 얼굴이 일그러진다.

"저놈 좀 빠른 것 같은데?"

"무공을 제대로 익히지 못했던 놈이라고 하니까. 하는 꼴을 봐선 열흘을 넘기기 어렵겠지?"

"열흘? 내가 보기엔 오일만 버텨도 잘 한 것이겠는데?"

단가극의 말을 부정하며 마정필이 한숨을 내쉰다.

놈이 벽력실혼인의 흉내를 내며 단 한 번도 잡히지 않은 까닭에는 종남의 강력한 도움이 있기 때문이었다.

실제로 벽력실혼인이 아니기에 상황이 정리되면 아무도 모르게 종남의 옷을 입고, 다른 곳으로 이동을 한다.

섬서 전체에 종남 제자들이 퍼져있기 때문에 별 다른 의심도 받지 않는다.

가끔 같은 종남 제자에게 제지를 받곤 하지만 그때마다 마정필이 함께하며 의심을 거두었다.

비록 차기 장문인에서 밀렸다곤 하나 그의 위치는 종남에서 독보적인 것이었기에 아무런 문제도 없었다.

거기에 사실상 종남의 수뇌부 전체가 일월신교의 간자들로 교체가 되어 있는 상황.

종남파 자체가 일월신교의 손에 떨어진 것이나 마찬가지였다.

"그럼 예정보다 일찍 충돌을 일으켜야 하는 건가?"

"그럴 수밖에. 저 상태로는 오래 못가. 쓰러지기 전에 더 많은 사람을 끌어들여야지."

"그렇기야 한데, 각주님께서 허용을 하실까?"

마정필이 의문을 드러내는 그 순간.

"허용하지."

"헉! 각주님을 뵙습니다!"

"각주님을 뵙습니다!"

갑작스레 뒤에서 모습을 드러내는 태각주를 보며 재빨리 무릎을 꿇는 둘.

간단하게 고개를 끄덕인 그는 멀리서 열심히 움직이고

있는 강유를 보았다.

그리곤 얼굴을 찌푸렸다.

"쯧. 역시 오래 안 가는군."

혀를 차며 아쉬워했지만 그뿐이다.

이미 강유는 자신이 할 수 있는 최선을 다하고 있었고, 그 성과가 빠르게 드러나고 있었다.

"내일 녀석과 종남을 부딪쳐라. 중간에 다른 문파로 가는 길을 열어주는 것을 잊지 말고."

"예!"

"그리고 선운검의 일은… 잘했다. 쯧! 설마 그렇게 허망하게 갈 줄은 몰랐군. 괜히 나섰다는 생각이 들게 말이야."

혀를 차며 돌아서는 그.

선운검을 상대하기 위해 중원으로 나왔지만 놈을 상대하는 일은 없었다.

단가극과 마정필 두 사람의 습격으로 그를 해치웠던 것이다. 그만큼 둘을 믿고 있었기에 가능한 일이었지만 오랜만에 몸을 풀어보나 싶었던 그로선 아쉬운 일이었다.

물론 일 자체는 성공적이었으니 어쩔 수 없지만.

그가 사라지자 단가극과 마정필 역시 바쁘게 움직이기 시작했다.

사방으로 전서구가 떠오르고 근방에 흩어져 있던 종남파의 무인들이 하나 둘 모여들기 시작했다.

삐이익!

하늘을 향해 높이 쏴 올려진 화살이 요란한 소리를 내며 떨어져 내린다.

귀를 찌르는 날카로운 소리에 산을 뒤지던 종남 무인들이 일제히 화살이 올라온 곳을 향해 달려가기 시작하고, 산 밑에서 종남파가 하는 일을 구경하던 무인들이 은근슬쩍 자리를 이동하려 한다.

"멈추시오! 이곳부턴 종남의 영역이오. 본파의 복수행을 방해하려는 자, 종남의 이름으로 용서치 않을 것이오!"

채챙! 챙!

빠르게 검을 뽑아들며 외치는 종남의 무인들.

그들의 서슬 퍼런 모습에 움찔거리며 발걸음을 멈춘다.

다른 것도 아니고 구파일방의 하나인 종남파의 이름을 걸고 행하는 일이다.

아무리 자신의 실력에 자신이 있다 하더라도 종남파와 척을 질 것이 아니라면 저들의 말을 들을 수밖에 없었다.

게다가 복수행이라는 확실한 대의명분까지 쥐고 있음이니 인근에 몰려들었던 대문파의 무인들조차 쉬이 움직일 수 없었다.

다만 그들이 바라는 것은 하나.

벽력실혼인이 이곳을 벗어나 자신들에게 달려오는 것이었다.

이 산은 종남의 영역으로 인정했지만 놈이 밖으로 뛰쳐나온다면 이야기는 달라진다. 공격을 받은 이상 반격을 해야 하고 그 과정에서 놈을 잡는다면… 무림의 미래와 안녕을 바라며 놈을 죽였다는 말 하나면 된다.

벽력검은 더불어 회수하고 말이다.

눈에 보이지 않는 눈치 싸움이 강하게 일어나는 산의 입구와 달리 산 정상에선 치열한 싸움이 벌어지고 있었다.

스컥!

"컥!"

외마디 비명과 함께 목이 떨어져 내린다.

강유는 멈추지 않고 검을 휘두르고 텅 빈자리를 노리고 달려드는 놈들을 향해 뇌전이 깃든 주먹을 아낌없이 휘둘렀다.

"크아악!"

푸확!

비명이 난무하고 사방에 피가 튄다.

놈을 완벽하게 포위하고서도 제압을 하지 못하는 종남의 무인들.

허나, 그들은 달려드는 것을 멈추지 않았다.

놈을 죽이는 것만이 종남의 치욕을 씻을 수 있는 길이란 것을 알기 때문이다.

자신의 목숨을 버려 종남의 이름을 깨끗하게 만들 수 있다면 그것으로 만족하는 자들.

그 모습을 조용히 지켜보고 있는 태각주는 놈들을 비웃었다.

"살아있어야 영광도 있는 법이지. 멍청한 것들. 주변은 어때?"

그의 물음에 답한 것은 아래에서 문도들을 지휘하고 있어야 할 단가극이었다.

"나쁘지 않습니다. 구파일방은 움직이지 않았습니다만, 남궁과 팽가가 움직였고 제검문이 이곳을 향해 빠르게 움직이고 있습니다. 아마… 지금쯤이면 도착해서 제지를 받고 있겠군요."

"제검문? 도도한 놈들이 움직였군, 그래."

"벽력검의 유혹은 놈들도 이길 수 없었을 겁니다."

단가극의 말에 태각주는 비릿하게 웃는다.

제검문은 감숙에서 크게 이름을 떨치는 문파로, 정사의 중간에 선 문파이지만 그 힘 하나만큼은 모두가 알아주는 곳이었다.

그들의 성향처럼 평상시엔 거의 움직이지 않는 곳이지만 일단 움직였다하면 어마어마한 힘을 보여주곤 했던 놈들이 움직였다는 것은 그만큼 벽력검이 가져다주는 것이 대단하단 뜻이었다.

가짜지만 말이다.

상황은 일월신교쪽에게 아주 좋게 돌아가고 있었다.

중원 무림의 주목을 받고 있을 뿐만 아니라, 수도 없이 많은 무림인들이 모여들었다.

이제 남은 것은 보물을 향해 눈이 벌게진 놈들을 진흙

구덩이 속으로 밀어 넣는 일 뿐.

"좋아. 시작해."

"명을 받듭니다!"

태각주의 명령과 함께 시작되었다.

훗날 섬서혈사로 기록 될 싸움의 시작이.

즈컥!

콰지직!

강유가 하는 일은 단순했다.

눈앞에 적이 나타나면 벤다.

끊임없이 벽단공을 운용한다.

두 가지 명령을 충실히 따르며 그는 몸이 부서져라 움직였다. 당장이라도 멈추라는 듯 비명을 내지르는 몸의 신호를 무시했다.

극악한 고통이 밀려들었지만 이를 악물고 버티자.

고통이 사라지기 시작했고, 눈앞이 환하게 바뀌었다.

그리고 이내 의식이 사라지기 시작했다.

"크르르…! 크아아아!"

콰르르릉!

놈의 괴성과 함께 사방으로 비산하는 벽력의 기운!

그 강렬함을 이겨내지·못한 자들이 비명을 지르며 바닥을 구르고, 그런 놈들의 목을 어김없이 베어낸다.

적은 단 한 명도 살려두지 않겠다는 듯 날뛰는 놈.

"제길! 저런 괴물을 어떻게 상대하란 말이야?!"

"빌어먹을! 본파의 제자들은 어디에 있는 거야!"

놈을 상대하던 속가제자들의 입에서 마침내 불만이 터져 나오기 시작했다.

본파의 제자들은 처음에 죽은 자들을 제외하면 코빼기조차 보이지 않아서 놈들을 붙들고 있는데 희생된 것은 오직 속가제자들 밖에 없었다.

그러니 자연스럽게 불만이 올라올 수밖에.

그때였다.

"길을 틔워라!"

"자, 장문인이시다!"

"와아아아!"

단가극의 등장과 함께 쏟아지는 함성!

그의 뒤로 마정필을 위시해 종남의 장로들이 빠른 속도로 움직이고 있었다.

마침내 종남의 진짜 힘이라 할 수 있는 자들이 앞으로 나선 것이다.

그것을 보고나서야 왜 종남 제자들이 모습을 보이지 않았던 것인지 알 수 있었다. 아예 제자들을 제외하고 장로 이상으로만 사람을 꾸리다 보니 늦은 것이다.

적어도 사람들은 그렇게 생각했고, 그만큼 기대감은 높아졌다.

그들의 등장에 놈을 포위하고 있던 속가제자들이 일시에

물러섰고, 그 자리를 장로들이 채웠다.

"네놈의 만행은 이곳에서 끝이다! 억울하게 돌아가진 전대 장문인의 원을 이곳에서 갚겠다!"

채챙! 챙!

단가극의 외침과 함께 일제히 검을 뽑아드는 장로들!

그 기세가 사뭇 대단하다.

당장이라도 놈을 갈기갈기 찢어 버릴 것 같은 강렬한 기세에 속가제자들이 놀라고 있을 때, 강유는 다시 제 정신을 차리고 있었다.

"후욱, 훅!"

'어떻게 된 거지? 기억이 없다.'

거칠게 숨을 몰아쉬며 주변을 살피자 자신이 알던 것과 꽤나 모습이 달라져 있었다. 몸에 상처도 늘어나 있었고.

으득!

'상관없어. 어차피 죽음을 각오한 몸! 이제와 어떻게 된들 무슨 상관이야? 그보다 지금이 그때인가?'

때마침 단가극의 뒤편에 비스듬히 선 마정필의 시선이 그와 마주치고 눈으로 신호를 보내는 것을 받은 강유는 지체 없이 어금니 안쪽을 깨물었다.

콰직.

오직 그에게만 들리는 작은 소리와 함께 일월단이 빠르게 녹으며 목으로 넘어간다.

받은 세 개의 일월단 중 두 번째가 사용되었다.

'이제 남은 것은 하나. 그것과 함께 난 불타오른다.'

으드득!

이를 악물었다.

비록 무림에 자신의 이름을 남길 순 없지만, 그 흔적을 남길 수 있는 기회였다.

비록 목숨을 내다버린 임무이지만 처음이자 마지막으로 일월신교에 봉사 할 수 있고, 가족의 안녕을 위할 수 있는 길!

'난 반드시 임무를 성공한다!'

강유의 눈이 불타오른다.

❖

본거지로 돌아온 휘를 기다리는 것은 벽력검과 관련된 섬서의 대규모 사건이었다.

하지만 의외로 보고를 듣는 내내 휘의 안색은 침착했고, 모용혜의 보고가 끝나는 순간 고개를 끄덕이며 그녀를 판단을 칭찬했다.

"잘했어. 나 역시 이번 일은 그렇게 처리하는 것이 옳다고 본다. 이제 무림도 일월신교에 대해 알아가는 것이 좋겠지. 언제까지고 숨기고 있을 일도 아니니, 차라리 우리 쪽에서 먼저 알리는 것이 나을 수도 있어."

"저 역시 그렇게 생각했어요. 중원 무림은 내성을 키울 필요가 있어요. 내성을 키우지 못한 상태에서 일이 벌어졌다간 속절없이 무너지고 말 거예요."

"그래서 방법은? 적절한 처방은 약이 되지만, 무리한 처방은 독이 되고 만다."

"놈들이 무엇을 꾸미고 있는 지는 대충 짐작이 가요. 이 기회를 이용해 중원 무림의 힘을 가늠하고 그 수를 줄여놓고 싶겠죠. 거기에 서로간의 사이를 벌려 놓으면 더욱 좋은 일이구요. 그럼 반대로 저들이 가장 싫어하는 것은 무엇일까요?"

그녀의 물음에 휘는 대답하지 않았다.

어렴풋이 짐작이 되기 때문이다.

그런 휘의 생각을 읽은 것인지 모용혜가 웃으며 말했다.

"하나로 뭉치는 것을 싫어할 거예요. 현 무림의 상태를 생각하면 공통의 적이 나타나는 것보다 좋은 것이 없죠."

"공통의 적이라. 일월신교인가."

"네. 적극적으로 그들의 등장을 알리는 거예요. 처음엔 믿지 않겠지만 증거를 하나 둘 내놓을 때마다 사람들의 시선은 바뀌게 될 것이고, 그들 역시 더 이상 더러운 짓은 할 수 없겠죠."

자신만만한 그녀의 얼굴.

하지만 휘의 생각은 조금 달랐다.

"놈들은 자신들이 알려진다고 해서 당황하지 않을 거다. 철저한 준비 끝에 다시 모습을 드러내려는 놈들이니까. 놈들의 힘은 과거 일월신교의 힘을 뛰어넘는다. 더럽고, 치사한 짓 역시 서슴없이 저지르지. 최소한의 희생으로 큰 효과를 낳을 수 있는 일이라면 더더욱."

"그렇다 하더라도 지금은 방법이 없어요. 최소한 중원을 하나로 묶어 놓지 않는다면 그들에게 대항할 방법 따윈, 없는 것이나 마찬가지니까요."

그녀의 이야기를 듣고만 있던 백차강이 조심스레 입을 열었다.

"그러기 위해선 구심점이 있어야 하는데, 현 무림에 구심점이 될 수 있는 자가 있습니까?"

그의 물음은 당연한 것이었다.

중원 전체를 아우를 수 있는 영향력 있는 무인.

모두가 믿고 따를 수 있는 자가 있어야만 하나 된 힘이 제대로 사용 될 수 있을 터였다.

문제는 그럴만한 사람이 존재하지 않는다는 것이다.

그녀가 조심스런 시선으로 휘를 보았지만, 기다렸다는 듯 휘는 고개를 저었다.

"나는 밖에 모습을 드러내지 않는다. 나는 암군. 어둠속에서 움직일 때 더 큰 힘을 발휘하는 자. 밖은 나의 영역이 아냐."

"하지만 나가야 해요. 언제까지고 어둠속에 머물 수는 없는 일이니까요."

모용혜의 말에 휘는 더 이상 입을 열지 않았다.

하지만 알고 있었다.

그녀의 말처럼 언젠가는 밖으로 나가야 한다는 것을.

암군과 암영이란 이름에 얽매여 언제까지고 어둠속에서만 살아갈 순 없었다.

게다가 혜천대사가 말하지 않았던가.

자신의 뜻대로 움직이라고.

언젠가 그때가 되었을 때 휘는 당당히 세상 밖으로 나갈 것이다.

암영들과 함께.

騎在黑暗
歸　25章

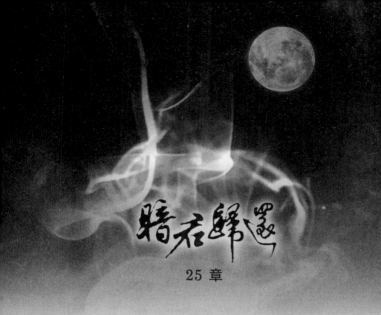

25 章

섬서혈사.

단 한 마디로 설명을 마칠 수 있는 사건은 전 무림을 경악으로 몰아넣기에 부족함이 없었다.

혈사라는 이름이 붙을 정도로 수도 없이 많은 무인들이 죽임을 당했고, 정상적인 삶을 살 수 없는 불구가 되어야 했다.

그러고도 끝내 벽력실혼인을 제거하지 못했다.

마지막 순간 천장단애 아래로 떨어져 버렸기 때문이었다.

뒤늦게 놈의 시신을 찾아냈지만, 정작 중요한 벽력검은 찾을 수 없었다.

이번 일로 희생된 무림인의 숫자만 물경 1만에 달했다.

1만에 달하는 숫자가 벽력실혼인에게 죽임을 당한 것은 아니다.

다만 놈의 천지를 가리지 않고 뛰어다닌 통에 그 과정에 문파간의 시비가 갈리며 싸움의 규모가 커졌을 뿐이다.

원한은 원한을 낳는다.

그렇게 커진 싸움판은 어마어마한 피를 흘리고 나서야 끝이 났다.

특히 무림을 경악으로 내몬 것은 종남파였다.

종남 장문인 선운검이 죽임을 당한 것도 모자라, 장로들 다수가 벽력실혼인의 손에 죽었다.

뿐만 아니라 제검문과 충돌하며 수도 없이 많은 희생자를 만들었다.

승자는 종남이었지만 그 과정에서 말도 못할 정도로 큰 피해를 입어야 했다. 제검문은 멸문에 가까운 타격을 입었다.

승자는 종남이었으나 큰 틀에서 보자면 승자가 없는 것이나 마찬가지였다. 종남 역시 막대한 피해를 입었고, 제검문의 영역은 섬서가 아닌 감숙이기에 그들에게서 뭔가 피해보상을 받아내기도 어려웠으니까.

상처는 상처를 만들었고 섬서혈사를 기점으로 중원 전역에서 피를 부르는 싸움이 시작되었다.

오랜 평화가 막을 내리고 난검무림의 시대가 도래 하고

있는 것이다.

"반쪽짜리로군."

자신의 태사의에 거만하게 앉은 태각주의 말에 회의장에 자리한 수하들은 입을 열지 못했다.

거창한 준비와 달리 그의 말처럼 태각의 모든 인원이 동원된 것 치고는 성과가 크지 않았다.

특히 이번 기회에 교의 일에 사사건건 방해를 하고 나서는 놈들을 잡으려고 했는데, 끝내 놈들이 모습을 드러내지 않았다.

"그래도 나쁘진 않아. 성과를 읊어봐."

태각주의 명령이 떨어지자 그와 가장 가까이 앉아 있던 중년인이 자리에서 일어서서 말문을 열었다.

"이번 일로 인해 중원 무림인 1만에 달하는 숫자를 줄였을 뿐만 아니라, 각 문파 간에 불신을 심어줌으로서 앞으로 유기적인 모습을 보이지 못하게 되었습니다. 1만이라는 숫자의 죽음보다 서로간의 신뢰가 깨졌다는 점을 더 높이 들 수 있으며, 이는 차후 본교가 중원에 진출 할 때 유용하게 써먹을 수 있을 것입니다. 이상입니다."

짧고 간결한 보고에 태각주는 고개를 끄덕이며 만족스런 미소를 지었다.

그동안 맡은 계획을 연신 실패하며 다른 각주들의 시선에 시달렸지만 이번 일을 성공적으로 마치며 그들의 눈치도 이젠 끝이었다.

비록 놈들을 처리하진 못했다곤 하지만 애초에 원했던 결과는 얻을 수 있었으니 그리 나쁜 것도 아니었다.

물론 과도한 인원을 출정시키고도 제대로 써먹지 못한 점은 아쉽긴 하지만 지금은 정체를 숨겨야 할 때니, 어찌 보면 잘 된 일이다.

"좋아! 이번 일을 시작으로 본각이 맡을 일이 다시 많아질 것이다. 최선을 다하도록!"

"명을 받듭니다!"

기분 좋은 얼굴로 회의장을 퇴장하는 태각주와 그 뒤를 따르는 태각 무인들의 얼굴이 밝았다.

백검회와 백도회.

이름 하나만 다른 두 문파는 무림에서도 알아주는 앙숙이었다. 그러면서도 외세의 침입에는 공동으로 나서서 대응하는 모습을 보여주는 기묘한 문파이기도 했다.

백검회는 그 이름처럼 검을 쓰는 자들만이 모여 있는 곳이었고, 백도회는 도를 쓰는 자들이 모인 곳이었다.

검과 도.

무림의 끊이지 않는 무기 자랑 중 정점에 이른 두 무기이다 보니 다투는 것이 오히려 자연스러워져 버렸다.

두 문파가 일어선 시기도 비슷했고, 역대 회주들의 성격도 비슷했다.

서로 싸우고 경쟁하되 진실로 다투진 않는다.

발전을 위해 끊임없이 노력하기 위해 싸우고 경쟁하지만 진지하게 서로의 목을 노리지 않는 것은 그것만으로도 충분히 큰 이득을 보기 때문이었다.

그 덕분에 이제 두 문파는 이곳 강서성에서도 손에 꼽히는 문파로 우뚝 설 수 있었다.

하지만 그 뿐이었다.

강서에서 손에 꼽힌다곤 하지만 무림에 쟁쟁한 대문파 수준은 되지 않았고, 두 문파를 대표하는 회주들의 실력 또한 현 무림에서 수준급이라고 평가는 받지만 무림 대표 고수는 아니었다.

역대 회주들이 대단한 위용을 보였던 것과 비교되는 것은 있지만, 그 어떤 회주들 보다 내실을 다지는 데에 주력을 하며 앞으로 두 문파가 거뜬히 백년은 이겨 낼 수 있을 토대를 닦았다.

옥화산을 끼고 서로 마주한 두 문파.

우스갯소리로 마음먹으면 서로의 식사 종류까지 알 수 있을 것이라 할 정도로 가까이 위치한 두 문파.

그런 백검회와 백도회를 감시하는 눈길이 있었다.

─두 문파가 공식적으로 움직인 것은 몇 년 전의 일이 전부입니다. 이후 내실을 다진다는 이유를 내세워 대외적인 활동을 줄인 상태입니다. 공식적인 무림행은 자제하는

편이지만 자신들의 영역을 넓히고 보호하는 일에는 소홀히 하지 않는 편입니다. 강서성에서의 평판도 그리 나쁘지 않습니다.

백차강의 보고가 끝났지만 휘의 눈은 두 문파에서 떨어지지 않는다.

옥화산의 험준한 절벽 정상에서 바라보는 두 문파는 한눈에 보인다. 그리고 그곳에서 보면 보이는 것이 있는데, 분명 두 문파로 나뉘어져 있지만 이렇게 높은 곳에서 보면 마치 원을 그리듯 하나의 문파처럼 보인다는 사실이다.

교묘하게 건물들이 원을 그리고 있는 것도 그렇지만, 철저히 두 문파의 건물들은 대칭으로 지어져 있었다.

마치 설계도를 공유하는 것처럼.

강서에서 이름이 높다곤 하지만 이곳은 휘가 신경을 쓸 수준의 문파는 아니었다.

그럼에도 불구하고 이곳에서 두 문파를 감시하고 있는 이유는 하나.

확인을 위해서였다.

'어차피 내가 알던 미래와 달라지고 있는 상황에서 건질 수 있는 건 건져야해. 만약 유동적인 것이 아닌 고정적인 상황은 바뀌지 않았다면… 아직 써먹을 때가 많지.'

확인해야 할 것은 하나.

변해버린 미래는 그렇다 치더라도 자신이 알고 있는 것과 얼마나 달라진 것인지 알아내야 했다.

그 중에서도 휘가 확인하고 싶은 것은 일월신교가 오랜 시간을 공들여서 중원에 뿌릴 내려놓은 간자들에 대한 것이었다.

그것까지 바뀌었다면 휘도 아예 생각을 바꾸겠지만, 만약 그렇지 않다면 여러모로 써먹을 때가 많은 것이 사실.

이곳 백검회와 백도회가 그랬다.

처음 탄생했을 때부터 이곳은 일월신교가 준비를 한 곳이었고, 지금에 이르러선 문파의 인원 대부분이 일월신교의 교도들이었다.

사람들의 눈을 가리기 위해 일월신교와 관련 없는 자들도 있지만, 본격적으로 움직이기 시작하면 첫 번째로 죽임을 당하는 것은 그들일 터다.

어쨌거나 휘는 확인하고 싶었다.

이곳이 아직도 자신이 기억하고 있는 미래와 같은 상황에 놓이는 것인지 말이다.

휘의 기억 속에서 놈들은 이맘때쯤 홍역을 겪으며 그 정체를 드러내었었다.

단 한 사람에게 말이다.

"정말… 제가 합니까?"

떨리는 목소리로 다가와 묻는 것은 화소운이었다.

그동안 천마신교에 틀어박혀 무공을 익히는 것에 주력하고 있던 그를 불러들인 것이다.

한창 흥이 올라 무공수련에 푹 빠졌던 화소운으로선

아쉬운 일이지만 휘의 부름을 무시 할 수도 없는 일이기에 빠르게 달려왔건만 주어진 일이 백검회와 백도회의 등을 치라는 것이었다.

그의 성정으로선 있을 수 없는 일! 이라고 소리 치고 싶었으나.

휘의 강렬한 시선에 결국 고개를 숙여야 했다.

"어려운 일은 아냐. 놈들을 적당히 혼내 주기만 하면 되는 일이거든. 굳이 죽이지 않아도 되니까, 놈들의 실력을 끌어내는 데에만 집중해봐. 네가 익힌 무공과 상반된 무공을 익힌 놈들이라서 꽤 재미있을 거야."

"그럼 다행이지만요."

웃으며 말하는 휘를 보며 불만스런 얼굴로 화소운이 한숨을 내쉰다.

그것도 잠시였다.

이미 벌어진 일이니 제대로 일을 처리해야 했다.

비록 말도 안 되는 일로 함께하게 되었지만 그가 중원을 위해 얼마나 바쁘게 움직이는지 잘 알게 된 그다.

휘의 일에 협조하지 않을 이유가 없는 것이다.

그렇게 그가 준비를 하는 동안 휘는 두 문파에서 눈을 떼지 않았다.

마치 맹수가 사냥을 준비하듯.

휘의 기억에서 본래 이 두 문파와 싸움을 벌였던 것은 인근의 작은 문파였다.

규모는 작았으나 의외로 그곳 문주의 인맥이 두둑하여 싸움의 규모가 커졌었는데, 백도회의 회주가 자신의 성질을 이겨내지 못하고 싹 쓸어 버렸었다.

그때 날뛰면서 마기를 보였고 우연히 그것을 지나가던 무당의 도사들이 보게 되면서 결국 두 문파는 멸문의 길을 걸었다.

당시엔 일월신교 역시 조용히 움직이고 있었던 때라, 그들은 교의 도움을 받지 못하고 천마신교의 잔당이라는 누명과 함께 사라져야 했었다.

이미 일월신교의 손에 조용히 멸문을 당한 것이 천마신교였기에 써먹기도 적절했고.

화소운은 떨리는 몸을 진정시키며 백검회의 정문을 향해 느긋하게 움직였다.

백검회와 백도회의 전통이 하나 있다면 비무를 위해 들어오는 사람을 막지 않는다는 것이다.

이는 익숙한 상대끼리만 싸움으로서 나태함이 생기는 것을 막기 위한 것으로, 자신의 실력만 내보일 수 있다면 회주와도 비무를 펼칠 수 있었다.

"어떻게 찾아오셨습니까?"

백의무복을 입은 사내가 정중히 고개를 숙이며 묻는다. 반대편에 선 사내의 시선은 날카롭게 화소운의 몸을 훑는다.

그 시선을 받아 넘기며 그가 말했다.

"비무를 청하고 싶소. 상대는… 백검회주가 좋겠소."

정문을 지키고 선 두 무인의 얼굴이 굳어진다.

"…본 회는 비무를 위해 찾아온 선객을 막지 않습니다. 단! 회주님과 비무를 위해선 그 실력을 입증해 주셔야 하겠습니다."

정중하지만 강압적인 기세를 발하는 그를 보며 화소운은 웃었다.

"얼마든지!"

"비무 신청인가? 오랜만이로군."

수하와 함께 비무장으로 걸어가는 백검회주 쌍호검 청화명의 얼굴엔 여유가 가득하다.

외부인의 비무 신청이 들어온 것도 아주 오랜만이지만, 새로운 검을 견식 할 수 있다는 사실 하나만으로도 그는 즐거워하고 있었다.

비록 전대 회주들만큼 강한 힘을 가진 것은 아니었으나 어디까지나 비교했을 때 뿐.

그 역시 백검문을 이끌어나갈 능력을 지닌 남자였다.

"이미 장 장로님과 백 장로님이 그에게 패했습니다. 두 분께서 말씀하시길 보통이 아니니 조심하셔야 한다고 했습니다."

"그래? 다른 사람도 아닌 백 장로까지?"

수하의 보고에 발걸음을 멈춰 섰던 회주는 다시 발걸음을 옮긴다.

백 장로는 백검회의 고수들 중에서도 한 손에 드는 고수다. 그런 그가 패했다는 것은 반대로 자신 역시 패할 가능성이 있다는 것.

허나, 그는 두려워하지 않았다.

그것을 발판으로 삼아 더 높은 경지에 이르면 되는 일이기도 했고, 지는 것을 두려워했다면 비무를 받아 들이지도 않았을 것이다.

그렇게 사람 좋은 얼굴로 빠르게 움직인 끝에 비무장에 도착 할 수 있었다.

이미 비무장은 백검회의 검객들로 가득 들어 차 있었다.

두 사람의 비무를 지켜보고자 모인 것이다.

고수들의 싸움을 지켜보는 것만으로도 얻는 것이 많으니 어쩌면 당연한 일이었다.

비무장 위에 조용히 서 있는 사내.

화소운을 향해 백검회주가 비무장에 올랐다.

"쌍호검 청화명이라 하오. 이곳 백검회의 회주를 맡고 있다오. 대협은 누구시오?"

정중히 포권을 취하며 물어오는 그에게 화소운은 마주 포권을 취했다.

"화소운이라 합니다. 무림초출이라 아직 무명은 없습니다."

"허! 무림초출에 이런 실력이라니. 무림에 큰 신성이 떠올랐소이다! 허허허!"

크게 웃음을 터트리는 그.

하지만 웃고 있는 눈 안의 시선은 빠르게 화소운을 훑어 내린다.

"서로 검을 겨눌 사이에 많은 말은 필요 없겠죠."

스릉.

먼저 검을 뽑아든 것은 화소운이었다.

'최대한 빨리 끝내버려야지.'

화소운은 이곳에서의 일이 그리 마음에 들지 않았다. 휘의 명령 때문에 이곳에서 비무를 벌이곤 있지만 솔직하게 말해서 자신에게 큰 도움이 되질 않았다.

휘를 만나기 전의 자신이었다면 모를까 천마신교에서 수도 없이 많은 비무와 수련을 거치며 장족의 발전을 한 그다.

다시 말해 재미가 없었다.

제대로 힘을 써보기도 전에 툭툭 쓰러지니 뭐가 재미있겠는가. 화소운의 머릿속엔 최대한 빨리 끝내고 돌아갈 생각만이 가득했다.

그리고 그것을 멀리서 지켜보고 있던 휘는 알아챘다.

"귀찮은 모양이군."

"당연히 그렇겠죠. 저 같아도 재미없겠어요. 단숨에 대갈토…이 아니라 머리를 따…는 것도 아니고 어쨌거나 도움도 되지 않는 놈들을 상대로 적당히 비무를 벌이는 것은 재미가 없는 일이니까요."

화령이 휘의 곁에서 말을 받는다.

거친 입담을 지닌 그녀지만 휘의 앞에서 만큼은 어떻게든 조신하게 있으려 했지만, 그게 또 쉽지 않다.

무의식적으로 튀어나오는 말들이 워낙 많아서.

정작 듣고 있는 휘는 아무런 생각도 없었지만.

"그런데 진짜 저곳이 일월신교 놈들이 만든 곳인가요? 일단 외부로 드러나는 흔적은 없는데요."

그녀의 물음에 휘의 시선이 그녀를 향한다.

"나도 그걸 확인해 보려고."

"네?"

다시 화소운을 향하는 그의 시선을 보며 화령의 볼이 잠시 부풀어 올랐다가 가라앉는다.

'무뚝뚝하신 분. 쉬지도 않고 앞만 보고 달리신다니까.'

속으로 한숨을 내쉬며 그녀도 백검회의 상황을 살피기 시작했다.

때마침 화소운과 백검회주가 맞붙고 있었다.

하지만 재미는 없었다.

당연한 일이었다.

눈을 감고서도 승패를 맞출 수 있을 지경인데, 뻔한 싸움을 지켜보는 것이 뭐가 재미있겠는가.

결국 그녀의 시선은 휘를 향한다.

'아… 역시 잘 생기셨다니까. 밖에 다녀오신 뒤로 분위기가 살짝 바뀐 것 같기도 하지만 그것조차 마음에 들어.'

"하악!"

"응?"

기괴한 숨소리에 휘의 시선이 그녀를 향하지만 화령의 시선은 어느새 저 멀리 백검회를 향하고 있었다.

쩌엉!

강한 소리와 함께 손에 느껴지는 힘은 충분하다.

언제든 목을 벨 수 있을 정도로 강렬함이 담겨 있지만 소운은 재미가 없었다.

'천마신교 무인들과 비교도 안 되겠네. 아무리 비무라곤 하지만 이렇게까지 힘을 빼고 있어서야.'

천마신교에서의 비무는 목숨을 잃어도 말이 없을 정도로 치열했다.

실제로 가끔이긴 하지만 죽는 경우도 있고, 손발이 날아가는 경우도 있을 정도로 그곳의 비무는 치열했다.

강자존이란 법칙아래 오직 강해지기 위해 자신의 모든 것을 내던지는 곳이 천마신교였다. 그렇기에 과거 그들이 천하를 호령 할 수 있었던 것이다.

소운이 본 천마신교는 반드시 다시 일어설 곳이었다.

천마신공을 다시 찾아낸 그들이 무림에 등장하는 순간.

세상은 알게 될 것이다.

천마신교가 돌아왔다는 것을.

카캉! 캉!

'벌써 그때가 기대되네.'

꽤 오랜 시간 함께 밥을 먹고 수련을 하다 보니, 이젠 그들을 은근히 응원하는 그였다.

게다가 그곳에서의 수련은 소운에게 큰 도움이 되었다.

훗날 복마검왕이라 불릴 정도로 마인들에게 천적이 되었던 그이니 만큼 그곳에서도 막대한 경험과 함께 자신의 힘을 다루는 법을 터득 할 수 있었다.

"아차."

카카칵!

다른 생각을 하는 사이 백검회주의 검이 날카롭게 옆구리를 파고들었지만, 어렵지 않게 막아낸다.

슬슬 지겨워지려는 찰나.

전음이 날아들었다.

-놈을 도발해라. 제대로 된 실력을 보자.

'도발? 어떻게?'

소운이 의문을 가지기 무섭게 휘의 전음이 다시 날아들었다.

-전음으로 말해. 숨겨둔 마공은 쓰지 않는 거냐고.

휘의 말이 끝나기 무섭게 소운은 검으로 그를 밀어내곤 전음으로 휘가 시키는 대로 말했다.

-숨기고 있는 마공은 비장의 한 수인 것이오? 괜찮다면 견식해 보고 싶은데.

말이 끝나기 무섭게.

백검회주의 얼굴이 굳는다.

동시 무시무시한 살기가 놈의 몸에서 뿜어져 나오기

시작했다.

고오오.

"네놈. 누구냐."

살기가 뚝뚝 떨어지는 말투로 묻는 그를 향해 소운은 웃었다.

"지나가는 협객."

"…목숨 아까운 줄을 모르는 군."

우웅, 웅.

백검회주의 검 위로 선명한 검기가 떠오르고.

곧장 소운을 향해 달려들지만.

소운 역시 검기를 내뿜으며 받아친다.

쩌정! 쩡!

비무장을 울리는 강렬한 폭음!

검기를 만들어 냈다곤 하지만 이전과 다를 것이 없어 보이는 싸움의 연속이다.

허나, 실상은 달랐다.

－놈이 뭔가를 알고 있는 것 같다. 쓰레기들은 치우고, 포위해. 놈을 잡는다.

－알았다.

멀리서 상황을 지켜보던 백도회주에게 전음을 날린 것이다.

백도회주는 즉시 수하들을 움직였다.

가장 먼저 한 것은 백도회 내에 일월신교의 교도가 아닌 자들의 목을 베는 것이었다.

교도가 아닌 자들은 그동안 최대한 몰아냈기 때문에 몇 없어서 정리는 금방 이루어졌고, 은밀히 백검회 영역으로 넘어가 역시 교도가 아닌 자들을 처리했다.

그리곤 비무장을 중심으로 넓은 포위망을 만들었다.

절대로 놓치지 않겠다는 듯 촘촘하게.

-준비 끝.

백도회주의 전음과 함께.

쿠오오오!

백검회주의 몸에서 막대한 마기가 흘러나오기 시작했다.

이전과 비교 할 수 없는 강렬함과 함께 놈의 눈이 붉게 물들며 소운을 향해 달려든다.

그 모습에 소운 역시 방심하지 않고 검을 바로 잡았다.

다만 소운의 입가엔 미소가 걸려있었다.

'이제야 좀 해볼 만 하겠네.'

어딘지 모르게 휘를 닮은 미소가 말이다.

백검회주의 모습을 보며 휘는 미소 지었다.

"찾았군."

그 모습을 멍하니 바라보던 화령의 얼굴이 붉게 물든다.

"사기야, 사기."

"철수한다. 소운의 뒤를 봐주도록."

"네, 네!"

스르륵.

무심하게 한마디만 남기고 사라지는 휘.

그 모습에 한숨을 내쉰 그녀가 자리에서 일어섰다.

이번 일에 다른 암영들은 동원되지 않았다.

소운이 몸을 빼는 것만 도와주면 되는 일이었고, 원거리에서의 지원이라면 화령 혼자의 힘으로 충분했다.

"시작해 볼까?"

그녀의 손에 거대한 활이 들린다.

언제 휘에게서 전음을 들은 것인지 소운이 때마침 빠르게 백검회주를 떼어내고 몸을 빼고 있었다.

꾸우욱.

팽팽하게 당겨진 시위.

활에 걸린 화살이 소운의 뒤를 쫓는 백검회 무인을 향하고.

핑-!

쐐애애액!

퍽!

단숨에 허공을 가르며 놈의 머리를 박살낸다!

그것을 시작으로 그녀는 쉬지 않고 자리를 옮겨 다니며 소운의 앞, 뒤로 달려드는 놈들을 처리했다.

덕분에 순식간에 길을 뚫은 소운이 유유자적하게 백검문을 떠난다. 너무나 편안하게.

❖

일월신교의 핵심인 오각(五閣).

그 중 하나인 지각(地閣).

지각주인 파천권(破天拳) 류운은 엄청난 장골이다.

키만 7척을 넘고 그 거대한 골격은 웬만한 곰보다 덩치
가 크게 보일 정도다.

더 무서운 것은 그런 거대한 덩치가 근육으로 이루어져
있다는 것이었다.

촘촘하게 더 이상 박힐 데가 없을 정도로 근육이 박혀있
는 몸은 평소 그가 얼마나 수련에 집중하는 것인지 알 수
있을 정도다.

오늘도 마찬가지였다.

"훅, 훅!"

족히 일장은 되어 보이는 거대한 쇠몽둥이를 양 손에 하
나씩 들고선 이리저리 움직인다.

하체는 바닥에 딱 고정된 채로 안정적으로 쇠몽둥이를
돌리는 것이 위압적으로 느껴진다.

그의 입장에선 단순히 몸을 푸는 정도인데도.

몸 곳곳을 가르는 상처들은 그렇지 않아도 위압감을 주
는 몸을 더 무시무시하게 만들어 주고 있었다.

부웅, 붕!

"무슨 일이냐?"

쇠몽둥이를 휘두르는 와중에도 다급히 달려온 수하를 본 것인지 묻는 그.

움직임을 멈추지 않는 그의 모습이 익숙한 것인지 수하는 재빨리 무릎을 꿇으며 보고했다.

"백검, 백도회에 정체를 알 수 없는 놈들이 습격을 가해 왔다 합니다. 놈들이 자신들의 정체를 알고 있는 것 같아 잡으려 했지만 놓쳤다고 합니다!"

우뚝.

보고가 끝나기 무섭게 허공에서 멈추는 쇠몽둥이.

쿠웅! 쿵!

바닥에 내려놓자 묵직한 소리와 함께 은은하게 땅이 울린다.

"놓쳤다고?"

"예. 포위망을 펼쳐 잡으려 했으나 외부의 도움을 통해 놈이 도망쳤다고 합니다. 무림에 알려지지 않은…."

"됐다."

손을 들어 보고를 막은 그는 다시 쇠몽둥이를 들며 명령했다.

"지워. 실패한 놈들은 필요 없다."

"…명!"

차가운 명령에 수하는 잠시 몸을 떨다 곧 고개를 숙이며 물러선다.

작지 않은 수하들의 목숨을 끊어놓은 사람이라곤 믿을

수 없을 정도로 평안한 얼굴로 지각주는 다시 쇠몽둥이를
휘두른다.

마치 경건한 의식이라도 치르듯.

지각에서 임무 실패란 곧 죽음이었다.

그것이 어떠한 이유에서든.

❖

"일단 미리 준비해 놓았던 것들은 어느 정도 통용이 된
다고 봐야 하겠지. 내가 알고 있는 것이 그리 많지는 않지
만 그 중에 반절만 본래의 미래대로 유지되고 있어도 큰 도
움이 되겠어."

저택으로 돌아온 휘는 백검회에서 있었던 일을 떠올리며
웃었다.

생각처럼 미리 준비했던 것들은 바뀌지 않고 진행이 되
었다.

물론 모든 것을 알고 있는 것이 아니고, 이번처럼 진행이
될 것이라 생각 할 순 없지만 최소한 알고 있는 것의 반만
진행이 되어도 휘에겐 나쁜 것이 없었다.

일을 다해놓고 뒤통수를 맞을 순 없으니까.

혜천대사를 만나며 휘는 많은 생각을 바꾸었다.

그렇지 않아도 놈들의 일에 일일이 자신이 참여할 수
없다고 생각하고 있었는데, 혜천대사를 만나며 그 생각을

완전히 굳힐 수 있었다.

"생각해보면 중원 무림은 그 상황에서도 제법 버텼었지."

자신을 상대하면서도 제법 뚝심 있게 버텼던 중원 무림
이다. 굳이 자신이 일일이 나서서 막지 않아도 버틸 수 있
을 것이다.

게다가 이제 휘는 돌봐야 할 사람이 많아져 있었다.

어느 사이에 곁에 있는 사람이 많다.

그들을 신경 쓰는 것만으로도 이젠 충분하다 느꼈다.

"그래. 이제 제대로 해볼 때가 됐지. 너무 밖으로만 돌았
어."

자리에서 일어나 창을 열자 어두운 밤하늘이 모습을 보
인다.

짙은 구름에 가리어 별빛하나 보이지 않는 하늘.

"놈들을 수면 위로 끌어올리는 작업이 필요하겠어."

놈들과 제대로 붙기 위해선 우선 놈들을 밖으로 끌어낼
필요가 있었다.

이대로 싸우는 것도 나쁘진 않지만 놈들의 성향을 봐선
계획보다 더 뒤틀린다 싶으면 다시 어둠속에 잠적할 확률
도 없지 않았다.

놈들의 본거지에 쳐들어가는 것도 하나의 방법이 될 수
있다.

그러면 분명 많은 피해를 입힐 수 있겠지만, 놈들의 뿌리
를 뽑을 수는 없을 터였다.

휘가 원하는 것은 놈들의 철저한 멸문이지 적당한 성과
가 아니었다. 게다가 그 성과라는 것도 자신을 포함한 암영
들의 목숨이 담보가 되어야 하는 것이고.

"처음은… 진가(晉家)가 좋겠어."

귀주진가.

귀주에 자리를 튼지 오래되진 않았으나 이젠 귀주 최고
의 세력 중 하나로 평가를 받기 시작한 곳으로 이곳 역시
일월신교에서 만든 곳이었다.

특히 이곳은 현재 중원에 뿌리를 내린 일월신교의 첩자
들 중 가장 큰 규모를 자랑하는 곳으로, 이곳이 무너지면
일월신교도 제법 큰 타격이 있을 터였다.

이제까지 이곳을 치지 않았던 이유는 단 하나.

놈들을 너무 자극할 필요가 없기 때문이었다.

하지만 이젠 달랐다.

반대로 놈들을 자극할 필요가 있었다.

밖으로 당장 뛰쳐나오게 하기 위해서.

情君歸 26 章

26 章

천마신교가 무너진 이후 수많은 마도방파들이 멸문하고 새로 만들어졌다.

귀주진가 역시 그런 문파들 중 하나였다.

마도방파를 표방하며 모인 그들은 처음엔 큰 영향력을 발휘하지 못했지만 세월이 흐르며 이젠 귀주를 대표하는 문파 중 하나로 인정을 받고 있었다.

정파와 사파의 시기 속에서 인정을 받으며 뿌리를 내린 몇 되지 않는 마도방파 중의 하나였고, 덕분에 빠른 속도로 그 세를 불려가고 있었다.

마도방파이다 보니 진가의 무인들은 마기를 감추지 않고 다녔다.

그리고 이것이야 말로 일월신교에서 의도한 바였다.

귀주진가의 모든 무인은 일월신교의 교도들이었다.

이곳이 만들어지기 전엔 마기를 감출 수 있을 정도의 고수들만이 밖으로 나갈 수 있었으나, 이젠 달랐다.

마기를 뿌리고 다녀도 귀주진가의 무인이라 하면 대부분 넘어갔다.

마도방파의 무인이 마기를 흘리는 것은 당연한 일이니까.

그렇게 자리를 잡은 진가는 알게 모르게 일월신교에서 나온 무인들이 중원에 적응 하도록 돕는 전초기지의 역할을 하고 있었다.

그만큼 귀주진가의 위치가 일월신교 내에서도 중요해진 것이다.

하지만 반대로 이야기하면 중원 곳곳에 심어 놓은 일월신교의 무인들 중 가장 강력한 힘을 발휘 할 수 있는 곳 역시 귀주진가라는 말이다.

귀주진가의 가주를 맡고 있는 것은 진양언이라는 사내다.

무공에 능하지는 못하지만 다른 수완이 좋은 사내로, 진가를 이만큼 키워내면서도 다른 이들의 눈을 피해내 신교 무인들을 중원에 자리 잡을 수 있도록 도운 사람이었다.

단점이 있다면 식탐을 밝힌다는 것과 먹는 만큼 살이 쪘다는 것.

우걱우걱!

후르릅!

단숨에 대접에 가득하던 국수를 입에 밀어 넣은 진양언의 손이 쉬지 않고 잘 구워진 오리통구이로 향한다.

입안 가득하던 국수가 사라지기 무섭게 오리고기가 입안으로 들어간다.

마치 음식을 밀어 넣듯이 전투적으로 먹는 모습은 더럽기까지 하지만 그 양이 어마무시한 수준이다 보니 무섭다는 생각 이외엔 들지 않을 정도였다.

터져나갈 듯 부풀어 오르는 배에 맞춰 옷이 터져나갈 것 같지만 용케도 비단옷이 버텨낸다.

"꺼억! 잘 먹었다."

사람 둘이 굴러도 될 것 같은 식탁을 가득 채우던 음식을 쓸어 넣고 나서 한다는 말이 잘 먹었다는 소리다.

평범한 사람이었다면 배가 터져도 세 번은 터졌을 터지만 익숙하게 이 모습을 보아온 하인들이 빠르게 상을 치워나간다.

"볼 때마다 놀랍군. 이 많은 음식이 어디로 사라지는 것인지, 원…."

"하하, 오셨습니까. 천성적으로 이렇게 먹어야 하는 놈이다 보니 어쩔 수 없습니다. 그보다 식사 안하셨으면?"

"됐네. 자네와 밥을 먹었다간 내 것도 없어질 판이니."

"하하하, 그건 또 그렇군요."

비대한 살을 움직이며 웃는 진양언과 맞은편에 앉는 노인.

대외적으론 진가의 장로 중 한사람이지만 실상으론 이곳의 최고 책임자와 다를 것이 없었다.

무공을 크게 할 줄 모르는 진양언이 거친 교의 무인들을 다룬다는 것은 불가능하니까.

"그보다 무슨 일이십니까? 분명 인근 순찰을 가신다는 보고가 있었던 걸로 기억하는데 말입니다. 최소 열흘은 걸리는 일정이 아니었습니까?"

"나도 그러려고 했는데, 위에서 중요하신 분들이 오신다는 군."

"예?"

갑작스런 이야기에 화들짝 놀라는 진양언을 향해 노인 사관식은 자신이 받은 명령을 전달했다.

"폭룡권이 온다는 군."

"폭룡권… 이라면 지각주님의 아드님 말씀이로군요."

그제야 진양언의 얼굴이 구겨진다.

폭룡권은 지각주 파천권 류운의 하나 뿐인 아들로, 지각주의 재능을 고스란히 물려받은 뛰어난 무인이었다.

다만 거만하고 성급한 성격으로 인해 갖은 사고를 치곤했는데, 문제는 그 뒷수습이 자신들의 몫이란 것이다.

감히 지각주에게 따질 순 없는 일이니까.

그 성격 때문에 중원에 나올 일이 없었는데, 기회가 주어진 모양이었다.

"하필이면… 다른 곳도 있지 않습니까?"

"그 성격에 마기를 숨기고 다닐 수 있을 것 같은가? 자리를 잡은 곳들 중에 마기를 당당히 드러내놓고 다닐 수 있는 곳은 우리가 유일하지."

"후우. 결국 뒤처리를 준비해야 한다는 거로군요."

"아무래도. 조용히 있다가 갔으면 하지만 그럴 리 없겠지."

"차라리 조용히 취향의 여인들을 준비하는 것은 어떻겠습니까?"

그 물음에 사관식은 부정적인 의견이었다.

"언제는 얼굴 보면서 여인을 품었나. 그때그때 마음이 가는 대로지. 미리 준비한 여인들은 어떤 미녀라 하더라도 건드리지 않을 걸세."

"하아."

두 사람의 한숨이 깊어진다.

"캬하하하! 이거야! 이런 즐거움을 그동안 누리지 못한 것이 아쉬울 뿐이야!"

굵지만 어딘지 모르게 경박한 목소리가 들려오고.

이어 비명에 가까운 신음소리가 숲을 울린다.

더러운 욕정을 풀어낸 그 순간 놈은 조용히 여인의 목을 베었다.

벗겨진 몸이 부들거리더니 곧 움직임을 멈춘다.

그 과정을 빤히 보고 있던 사내가 웃었다.

"크크, 크하하핫! 그래! 이거야!"

숨이 죽었던 물건이 팽팽하게 부풀어 오르는 것을 느끼며 놈.

폭룡권 류제명은 숲이 떠나라 웃었다.

죽은 여인은 운이 없었다.

그저 물을 뜨기 위해 나섰다가 놈의 눈에 들었고 숲으로 끌려왔다.

무공을 익히지 못한 여인이 무슨 힘이 있겠는가.

처참하게 능욕당한 것도 모자라 목숨까지 잃어야 했다.

하지만 류제명은 당연하게 생각했다.

세상의 모든 것이 자신을 중심으로 돌아간다고 생각하는 놈이었고, 지금까진 불가능한 것이 없었다.

일월신교에서도 손에 꼽히는 위치에 있는 아버지와 신교 후기지수들 중에서 손에 꼽히는 재능을 보유한 자신.

누구도 자신을 건드리지 않았고, 하고 싶은 것은 모두 하고 살았다.

그렇기에 이렇게 변태적인 욕정을 가지고 있어도 누구 하나 욕하지 않았다.

물론 욕을 한다고 한들… 놈의 목을 베어버렸겠지만.

"지체되셨습니다."

스슥.

그때 그의 뒤편으로 검은 인영이 나타나 이야기를 했고,

폭룡권은 고개를 끄덕이며 길을 나섰다.

놈이 떠나간 자리.

그곳엔 싸늘한 시신만이 남았다.

억울한 듯 눈을 감지 못한 여인의.

❖

으드득!

"삼일은 되었네요."

스윽.

조용히 여인의 시신 위로 천을 덮어주며 화령이 이를 갈
았다.

능욕 당한 것도 모자라 처참히 목이 잘려 죽은 여인.

산 깊은 곳에 놓인 시신은 누구에게도 발견되지 않을 것
같았지만, 조용히 사람들의 눈을 피해 움직이던 휘들의 눈
에 들었다.

아니, 마치 그녀가 억울함을 풀어 달라는 듯 휘들을 이곳
으로 불러들였다.

"신기하군요. 음지인 곳이라 저희도 그냥 지나 칠 수 있
었는데, 그 순간에 찢어진 옷자락이 날아오르다니."

고개를 흔드는 백차강.

그의 말처럼 이곳은 바람도 잘 불지 않는 곳이고, 음지인
데다 죽은 지 삼일이나 지나 혈향 조차 희미해져서 휘들도

모르고 지나갈 뻔했다.

헌데 그 순간 공교롭게도 바람이 불어와 찢어진 옷자락
이 날아오른 것이다.

그것도 정확히 휘를 향해.

"근처에 색마가 나타났던가?"

"그런 정보는 없었습니다."

"그렇다면 한 놈이로군."

"예?"

추정도 아니고 단정을 내리는 휘의 말투에 백차강이 놀
라 되묻는다.

어느새 암영들의 시선이 휘에게 집중되었다.

"폭룡권이라는 죽일 놈이지. 놈의 변태적인 성벽이 딱 이
런 것이거든. 그 말은 곧… 놈이 중원에 나왔다는 것이고."

"꼭… 제게 맡겨주세요."

어느새 곁에 선 화령의 날카로운 목소리에 휘는 고개를
끄덕여 승낙했다.

잠시 뒤 그녀를 땅에 고이 묻어 준 뒤 휘들은 다시 이동
을 시작했다.

귀주진가를 향해서.

진가가 자리를 잡은 개양(開陽).

크진 않지만 충분히 있을 것은 전부 있는 도시.

도시의 외곽에 산을 등지고 자리를 잡은 진가는 처음엔

작은 규모였지만 지금에 이르러선 산을 거의 통 채로 사용하고 있을 정도로 규모가 커져 있었다.

사람이 머무르는 공간뿐만 아니라 수련을 위한 공간도 필요하다보니 자연스럽게 커진 것이다.

보통은 그냥 산을 이용하곤 하지만 진가에선 소유주들에게서 적절한 가격으로 땅을 매입하여, 산 자체를 완전히 진가의 소유로 돌려놓았다.

거기다 그곳에서 약초를 캐는 것으로 생활하던 자들에게도 적절한 보상을 주고 다른 곳으로 가게 만들었다.

다른 사람의 시선을 완전히 죽인 채로 자신들끼리 사용하기 위한 조치였지만 이것은 도시 사람들에게 호감을 사는 계기가 되었다.

덕분에 수련을 방해하면 안 된다며 아예 인근 산 전체에 사람들의 발길이 뚝 떨어졌고, 덕분에 휘 역시 별 탈 없이 반대편 산에 진입했다.

밤이 깊었지만 진가 곳곳은 환하게 불이 밝혀진 채였다.

사각이 생기지 않도록 곳곳에 순찰을 하는 무인들이 있었고, 그들조차도 서로의 시야에 들어오도록 동선이 짜여 있다.

한 마디로 누군가가 그들 중 하나를 건드리는 순간 발각이 되도록 만들어져 있는 것이다.

아무리 귀주에서 이름을 떨치기 시작한 진가 하더라도 과하다 싶을 정도로 호위를 서고 있었다.

"제압을 하고 숨어들어가는 것은 어려울 것 같습니다. 차라리 조용히 숨어 들어가는 편이 나을 것 같습니다."

백차강의 말에 오영들이 동의한다.

그들의 실력이라면 굳이 제압을 하지 않아도 저들의 눈을 피해 안으로 들어 갈 수 있었다.

"숨어 들어갈 것이 아니니 일단 대기한다."

"명."

휘의 말이 끝나기 무섭게 한발씩 뒤로 물러서는 그들.

예리한 시선으로 진가의 건물들을 바라보던 휘의 시선이 한 사람에게 고정되었다.

제법 많은 짐을 어깨에 둘러맨 그는 익숙한 듯 사람들과 인사를 나누며 후문으로 빠져나오고 있었다.

진가에서 후문으로 나간다는 것은 이 숲으로 온다는 것과 같은 말.

후문으로 나온 그는 익숙한 발걸음으로 움직여 산을 오르나 싶더니, 어느 순간 그 모습을 감춘다.

마치 사라지듯.

'진법이로군.'

미묘한 기운이 느껴진다 했더니 진법이 펼쳐져 있는 모양이다.

규모도 산 하나를 통으로 사용할 정도로 거대한 것으로 큰 기운이 느껴지지 않는 것이 환영진과 미로진. 그것도 약한 수준의 것인 듯싶었다.

'나쁘지 않은 방법이야.'

수준급 무인이라면 기의 흐름에 민감하다.

헌데 이 정도 수준이라면 웬만한 무인들은 절대로 감지하지 못할 수준이었다.

설령 감지한다 하더라도 진가의 영역이고, 살상 능력도 없어 보이니 그러려니 하고 넘어 갈 확률이 높았다.

'안쪽에는 감시하는 놈들이 득실거리겠지?'

잠시 고민했지만 곧 결정을 내린 휘가 뒤를 돌아본다.

오영을 비롯한 암영들이 명령만을 기다리고 있었다.

"정면에서 친다."

"캬! 역시 남자는 정면에서… 쿠억!"

"닥치지? 응?"

휘의 말을 반기며 나섰던 태수의 얼굴이 일그러지며 옆구리를 부여잡는다.

어느새 화사한 표정으로 돌아온 화령이 웃었다.

"기왕 정리하는 것 모가지… 가 아니라 대갈… 이 아니라 화려하게 정리하는 것이 좋겠죠? 호호호."

어색하게 웃는 그녀를 보며 피식 웃은 휘는 계속해서 말을 이었다.

"놈들을 정리하는 것도 중요하지만 이번엔 판을 좀 키운다. 이걸 시작으로 무림에 일월신교에 대한 정보를 풀어낼 생각이다. 이만한 증거가 있다면 무림도 주의를 기울이겠지."

휘는 이번 기회를 이용해 일월신교에 타격도 주고 무림에 놈들에 대한 정보도 확실하게 흘릴 계획이었다.

이를 위해 모용혜가 파세경과 함께 준비를 마친 상태.

귀주진가가 무너지는 즉시 그녀들이 준비한 소문이 빠르게 무림에 퍼져나갈 것이다.

놈들을 밖으로 끄집어내기로 마음먹은 이상 아주 제대로 날뛰어 줄 생각이었다.

"쉬어라. 작전은 한 시진 뒤. 일제히 친다."

휘의 눈이 빛나고 마치 전염이라도 되듯 암영들의 눈이 빛을 뿌린다.

"큭! 별 것도 없구만."

흥미가 떨어진 듯 폭룡권 류제명이 거들먹거리며 주변을 둘러보지만 누구나 그와 눈을 마주치는 자가 없었다.

단지 그의 길을 막았다는 이유 하나만으로 지금 류제명의 앞에 떡이 되어 쓰러진 사내가 둘이나 있었다.

처참할 정도로 얻어맞았지만 어디 가서 하소연 할 곳도 없다.

이렇게 맞고도 멀쩡히 움직일 수 있다면 그걸로 다행이었다.

류제명의 실력과 위상은 둘 치고 그의 아버지가 지각의 주인이다. 누가 있어 그를 건드리겠는가.

"아, 더럽게 재미없네. 뭐 재미있는 일 없나? 비켜! 거슬리게 어디서!"

퍽!

쓰러진 사내에게 발길질을 한 류제명이 휘적거리며 움직였고 그것을 확인하고 나서야 다급히 움직인 이들이 쓰러진 자들을 들쳐 업고 사라진다.

류제명은 재미가 없었다.

중원에 처음 나왔을 때까지만 해도 좋았다.

세상을 손에 쥔 것 같고, 언제든 제 마음대로 할 수 있을 것만 같았다.

헌데 이곳에 도착한 이후 모든 것이 달라졌다.

이곳에선 철저히 중원의 방식에 맞추어 몸을 숨기는 방법을 배운다.

그렇다보니 자신을 낮추는 법을 배워야 하는데, 지금까지 그런 방법을 배운 적이 없으니 류제명으로선 짜증과 화만 일어날 뿐.

애초에 자신이 왜 낮춰야 하는지 알 수 없었다.

"빌어먹을."

연신 욕설을 토해내는 류제명.

당장이라도 때려 치고 밖으로 나가고 싶지만 제 아무리 막나가는 그라도 그럴 순 없었다.

그 역시 신교의 명령을 받아 중원으로 나올 수 있었던 것.

마음대로 날 뛴다면 다시 돌아가야 했다.

겨우 밖으로 나왔는데 다시 돌아가고 싶은 마음은 눈곱만큼도 없는 류제명이다.

"고년 같은 계집이 또 없나?"

오는 길에 처리했던 계집을 떠올리며 입맛을 다시는 놈.

그때였다.

"그래서 말이야."

"정말? 그랬단 말야?"

"까르르르."

멀리서 웃으며 지나가는 여인들이 있었다.

신교에서 나온 여인들. 무공을 익히긴 했지만 대단하진 않은 실력을 가진 그녀들은 앞으로 중원 곳곳에 퍼져 수많은 정보들을 물어올 여인들이었다.

"이제… 좀 재미있겠군."

눈을 빛낸 류제명이 그녀들이 사라진 뒤를 쫓는다.

시간이 되자 충분을 휴식을 취한 암영들이 일어서기 시작했고, 마지막으로 휘가 자리를 털고 일어섰다.

"준비는?"

"완벽합니다."

휘의 물음에 씩 웃으며 연태수가 답했지만 다른 암영들의 얼굴에도 자신감이 넘쳐흐르고 있었다.

오랜만이 암영 모두가 동원되는 작전이었다.

암영 모두가 동원되는 만큼 이번 싸움의 결과는 단 하나.

승리.

그 선봉에 서는 것이 다른 누구도 아닌.

암군이었다.

"가자."

그 말과 함께 휘를 선두로 암영들이 움직인다.

어둠을 틈타 움직이는 검은 해일들처럼 그들은 빠르고 거세게 진가의 정문을 향해 달려들었다!

파바밧!

선두에 서서 움직이는 휘의 눈에 거대한 정문이 들어오자 뒤를 따르던 도마원을 불렀다.

"도마원! 네게 맡긴다!"

길지 않은 명령이지만 그것을 알아듣은 도마원의 신형이 휘를 앞서나가고.

그의 두 주먹이 붉은 빛을 뿌리며 막대한 기운이 몰려들기 시작할 때.

멧돼지가 달려들 듯 멈추지 않고 도마원이 진가의 정문을 후려쳤다.

콰아앙!

꽝음과 함께 정문이 박살나고.

갑작스런 상황에 미처 대응하지 못한 진가 무인 두 사람의 이마에 어느새 날아든 화살이 틀어박힌다.

"죽여. 오늘 이곳에서 누구도 살아나가지 못한다."

"존명!"

검은 파도가 진가의 벽을 뛰어넘는다.

"아악!"

"컥!"

"저, 적⋯!"

순식간에 시끄러워지는 진가.

하지만 곧 비상종이 울려 퍼지고 진가 무인들이 쏟아져 나오기 시작했다. 자주 연습을 하는 듯 빠르면서도 빈틈없는 모습이었지만.

상대는 암영.

그들의 뜻대로 이루어질리 없다.

땡땡땡!

비상종이 요란하게 울리고 문파 전체가 시끄러워지기 시작한다.

그 난리 통에 깊이 잠들었던 진양언도 자리를 털고 일어설 수밖에 없었다.

"무슨 난리냐!"

일그러진 얼굴로 방을 나오며 수하에게 묻자 기다렸다는 듯 답한다.

"적의 침입입니다. 적의 숫자는 약 오백! 놈들을 저지하기 위해 본가의 모인 모두가 투입이 된 상태이며 뒤편 역시 만약의 준비를 마쳤습니다."

"뒤편까지?"

발걸음을 멈춘 그의 시선이 수하를 향한다.

"사 장로님의 명령이 있었습니다."

"그래? 그렇다면 괜찮겠지. 그래서 사 장로는?"

"적을 살피러 가셨습니다."

이어지는 보고에 그는 고개를 끄덕이며 다시 발걸음을 옮긴다.

무력적인 부분은 사관식에게 맡기고 다른 부분은 자신이 책임을 져야 한다.

최악의 경우 이곳에 있는 신교의 흔적을 모조리 없애야 하는 것도 그의 임무였고, 그 끝엔 죽음뿐이지만 비대한 몸을 이끌고 집무실로 향한다.

그동안 마음 것 즐긴 만큼, 자신의 의무 또한 완벽하게 해내기 위해서.

그렇게 진양언이 각오를 다지는 동안 사관식의 얼굴은 결코 좋지 않았다.

'대체 어디서 이런 괴물들이!'

"팔쾌혼방진을 펼쳐라!"

속으로 이를 갈면서도 그의 입은 신속하게 명령을 내리고 있었다.

명령이 떨어지기 무섭게 합격진을 만들어 내며 대항을 하는 진가의 무인들.

카캉! 카—앙!

콰직.

하지만 상대가 나빴다.

휘가 생강시라 착각을 할 정도로 암영들의 몸은 튼튼하다.

게다가 고통을 크게 느끼지도 않는다.

그런 자들이 월등한 무공까지 익히고 있음이니 제 아무리 진가의 무인들이라 하더라도 쉽지 않은 상대였다.

"막아라! 빠진 자리는 메워라! 적이 많다곤 하나 상대하지 못할 정도는 아니다!"

상황을 살피며 적재적소에 명령을 내려주고 있지만 사관식의 눈은 암영들. 그리고 그 앞에서 날뛰고 있는 오영들에게 향하고 있었다.

다른 적들과 비교 할 수 없을 정도로 빠르고 강한 힘으로 수하들을 죽이고 있는 다섯 사람.

꽤 중추적 역할을 할 정도로 실력에 자신이 있는 그이지만 저들과 싸워 쉽게 이길 자신이 없을 정도였다.

아니 반대로 지지 않으면 다행이라 여길 정도다.

그러면서도 그는 시간이 지날수록 이상함을 느끼기 시작했다.

억지로 버티면서 느끼기 시작한 것인데 어딘지 모르게 저들의 무공이 익숙하게 느껴지기 시작한 것이다.

분명 처음 보는 자들인데도 말이다.

이는 지금까지 그 어떤 누구도 알아내지 못했던 사실이었다.

사관식이 어렴풋이라도 눈치 챌 수 있었던 것은 오래 경험 때문이었다.

이곳에서 만난 수도 없이 많은 신교 무인들.

그들을 돌보고, 가르치며 수많은 신교 무공을 보았기에 가능한 일이었다.

엄연히 암영들의 무공의 뿌리는 일월신교에 있었으니까 어쩌면 당연한 일일지도 모른다.

그렇게 이상함을 느끼고 있을 때.

그때.

사관식의 시선에 한 사내가 들어왔다.

아무것도 하지 않은 채 그저 서 있기만 한 사내.

정문을 등진 채 팔짱을 낀 손을 풀지도 않았지만 그에게서 느껴지는 것은.

오싹!

온 몸을 저미는 공포였다.

항거 할 수 없는 공포!

그것을 확인하는 순간 그는 외쳤다.

"뒤로 물러서라! 뒤쪽의 인원과 힘을 합친다!"

"명!"

명령이 떨어지기 무섭게 방어선을 유지하며 뒤로 물러서는 진가의 무인들.

이상하다 생각 하더라도 떨어진 명령은 완수한다.

그것은 일월신교에서도.

이곳 귀주진가에서도 마찬가지였다.

다급히 물러서는 놈들을 보며 휘는 웃지 않을 수 없었다.

"감이 좋은 놈이 있는 모양이로군."

그러면서도 휘는 움직이지 않았다.

단숨에 이곳을 밀어붙이려면 얼마든지 가능한 일이다. 그럼에도 시간을 끌고 있는 것은 외부에서 날아들 시선을 기다리는 중이었다.

갑작스런 소란에 인근에 있던 무인들이 하나 둘 모여들고 있었다.

그렇게 모인 인원이 많아질수록.

휘에겐 유리하게 작용할 것이다.

그렇기에 때를 기다리고 있었다.

"예상했던 것보다 저항이 심하지 않은데요?"

슥.

화령이 휘의 곁에 서며 말한다.

처음에 제법 날뛴 것인지 여기저기 붉은 선혈이 묻어 있지만, 그것이 또 묘한 아름다움을 자아낸다.

정작 자신은 모르는 듯 했지만.

"눈치 빠른 놈이 하나 있는 모양이야."

"그래요? 그래도 좀 있으면 제대로 해볼 모양이네요. 도망가는 게 아니고 물러서는 것 보니까."

"그렇겠지. 눈치가 제법 있다곤 하지만 그렇다고 이곳을 버리고 도망칠 수도 없을 테니까."

"흐응. 그거 참 기대되네요."

혀로 입술을 축인 그녀가 다시 전장을 향해 달려든다.

암영들 모두 적당한 수준에서 움직이며 놈들의 머릿수를

줄이고 있었다.

전력을 다한다면 순식간에 밀어 버릴 수 있겠지만 휘의
계획대로 움직여야 했다.

암군의 계획을 실행하는 것이 암영이다.

암군의 계획을 망치는 것은 곧 암영 실격과 같은 말.

이 자리에 있는 누구도 암영이란 이름을 놓기 싫었다.

그런 수하들의 모습을 보던 휘의 시선이 저 멀리 진가의
뒤편에 있는 산으로 향한다.

조용하던 산이 술렁인다.

바람이 부는 것도 아닌데 말이다.

더불어 쏟아져 나오는 기운들.

정체를 숨길 필요도 없이 처음부터 전력을 다하겠다는
듯 산 전체를 뒤덮는 강렬한 마기에 휘가 팔짱을 풀며 웃었
다.

"이제 좀 해볼 만하겠군."

산을 향해 움직이기 시작했다.

"정말 이렇게까지 해야 합니까?"

진양언의 물음에 사관식은 굳은 얼굴로 끄덕인다.

"놈은 괴물일세. 게다가 놈의 수하들의 실력 역시 만만
치 않음이니 처음부터 전력을 다해야 하네. 이곳에서 나온
마기는 놈들을 처리 할 수만 있으면 얼마든지 덮어씌울 수
있으니 걱정 말게."

"그렇다면 다행입니다만. 아직 처리하지 못한 서류가 많아서…."

"지금은 서류가 문제가 아니네. 놈들을 막기 위해선 한 사람이도 더 많은 무인을 필요로 하네."

"그렇다고 제가 무슨 도움이 될 수 있을 런지."

"두고보면 알겠지."

사관식의 말에 진양언은 한숨을 내쉬며 몸을 풀기 시작했다.

이곳에 모여 있는 무인의 숫자는 물경 삼천!

진가에 있던 무인 일천과 산에 숨어 있는 무인이 이천이었다.

신교 무인 삼천이면 어지간한 문파는 뒤집어엎어 버릴 수 있는 전력인데도 불구 사관식은 불안해하고 있었다.

그 이유를 진양언은 알 수 없었지만 일단 준비는 해야 했다.

그가 아무런 이유도 없이 이런 결정을 내릴 리 없으니까.

"이건 또 무슨 지랄이야?"

욕설을 하며 상의가 반쯤 풀어헤쳐진 상태로 다가오는 류제명.

얼굴에 묻은 피가 또 그 더러운 성벽이 도졌음을 알았지만 지금은 그것이 중요한 게 아니었다.

"적이다."

"적? 그게 나랑 무슨 상관이라고. 이만한 숫자를 가지고

서도 적을 제압하지 못하면 뒈져야지."

사관식의 말에 그를 비웃는 류제명.

이곳의 책임자가 사관식이라는 것을 알면서도 류제명은 저 더러운 성격을 버리지 못하고 있었다.

어쩌면 당연한 일일지도 모른다.

이 자리에 있는 모든 무인들 중에 류제명의 실력이 가장 높았으니까.

그 실력 하나만으로도 놈은 저렇게 나올 자격이 충분했다.

"자네의 도움이 필요하네. 우리로선 감당 할 수 없는 고수가 하나 있다."

"캬하하하! 이런 숫자를 가지고서도 날 필요로 한다고? 이봐 영감. 여기가 본교였으면 죽었어. 알아?"

"안다. 하지만 그래도 네 실력이 필요하다."

"…아, 더럽게."

얼굴을 구기며 혀를 찬 류제명이 상의를 바로 입기 시작했다.

그 모습에 사관식과 진양언의 얼굴이 펴진다.

적어도 제멋대로 이곳을 벗어날 생각은 아닌 것 같았다.

좋든 싫든 그의 실력만큼은 인정하는 바.

그의 존재는 큰 힘이 되어 줄 것이다.

"아악!"

그때 비명소리와 함께 놈들이 마침내 산의 초입에 모습을 드러낸다.

산의 초입에서 길게 늘어선 채 벽을 세운 진가, 아니 일월신교의 무인들을 보며 암영들 역시 휘의 뒤편으로 집결한다.

삼천과 오백의 싸움.

여섯 배나 되는 차이였지만 암영들 그 누구도 두려워하지 않았다.

오히려 피를 보고 나서 흥분한 것인지 당장이라도 달려들 듯 번들거리는 눈으로 살기를 내뿜는다.

싸우면 싸울수록 강해진다.

경험이 곧 실력의 상승으로 이어지는 것이 그들이다.

처음 중원에 나왔을 때와 비교도 할 수 없을 정도로 강해진 것이 그들이기에 암영들이 내뿜는 기세는 저들이 뿜어내는 것에 결코 밀리지 않는다.

"이곳은 진가의 영역…!"

"이 개새끼들! 감히 내가 재미 보는 걸 방해해?"

앞으로 나서서 이야기를 하던 사관식을 방해하고 나선 것은 류제명이었다.

거칠게 말은 하고 있었지만 웃고 있는 것을 보니, 이번을 기회로 삼아 날뛰려고 하는 것이 분명했다.

그에 절로 한숨이 나오는 것을 막은 사관식이 다시 나서려고 했지만 그보다 먼저 휘가 입을 열었다.

"발정난 개새끼가 사람말도 할 줄 아는 군."

"뭐?"

"개새끼는 개새끼다워야지. 사람 말을 하면 쓰나. 그렇지 않나?"

"암요. 그렇고말고요. 그리고 자고로 미친개는 패야 제맛 아니겠습니까?"

휘의 농담에 즉각 반응한 것은 연태수였다.

능글스럽게 웃으며 대답한 그의 눈은 차갑게 놈을 바라본다.

아니, 오영들 전부가 놈을 노려보고 있었다.

그것을 아는지 모르는지 류제명은 분노로 날뛰고 있었다.

태어나 처음으로 이렇게까지 욕을 먹어본 그로선 끓어오르는 분노를 참을 길이 없었다.

"이 새끼들이! 야! 뭐해! 공격해! 공격하라고!"

파앗!

주변에 억지 명령을 내리다 못해 결국.

놈이 달려들었다.

"화령. 네 몫이다."

"감사합니다."

휘의 말이 떨어지기 무섭게 차가운 얼굴을 한 그녀가 빠르게 뛰쳐나가고.

뒤늦게 놈의 뒤를 쫓아 일월신교 무인들이 밀고 내려오기 시작했다.

"속전속결! 밀어 붙여라!"

사관식의 명령과 함께.

그를 들은 휘가 남은 암영들에게 명했다.

"어둠은 우리의 편이다. 놈들에게 암영의 공포를 새겨줘라."

"존명!"

우렁찬 대답과 함께.

암영들이 앞으로 달려 나간다.

폭풍과도 같이.

骄君归墨 27 章

투확!

힘 있게 쏘아진 주먹이 허공을 꿰뚫는다.

방금 전까지 목표했던 머리는 어느새 사라지고, 옆구리에서 느껴지는 서늘함에 재빨리 한 발 뒤로 물러서자.

스컥!

날카로운 소도가 옷자락을 스친다.

"이 계집년이!"

자칫 당할 뻔했다는 사실에 분노하며 류제명이 화령을 향해 달려든다.

과연 류제명은 실력이 있었다.

일월신교의 후기지수들 중에서도 손에 꼽히는 재능을

가졌을 뿐만 아니라, 본신의 실력도 대단했다.

틀림없이 이 정도라면 무림에서도 대단한 수준에 꼽힐 테지만, 상대가 좋지 않았다.

파앗!

섬광이 터지는 순간 류제명의 옷자락이 떨어져 나간다.

그에 발광하며 놈이 쉬지 않고 몸을 움직이며 공격을 해 대지만, 화령은 단 한대도 놈에게 맞지 않았다.

아니, 스치는 것조차 용납지 않았다.

이것이 뜻하는 바는 단 하나.

화령이 놈을 가지고 놀고 있는 것이다.

그것도 철저하게.

"누님이 완전히 열 받은 모양이네. 어차!"

스컥!

그 모습을 보며 연태수가 슬금슬금 자리를 옮기며 적의 목을 벤다.

은연 중 그녀와 거리를 벌리는 것이다.

이는 다른 오영들이라고 해서 다를 것이 없었다.

겉으로는 그렇지 않은 듯했지만 저 모습을 보니 화령의 눈이 돌아간 듯싶었다.

이럴 때의 화령은 휘가 아니고선 말릴 방법이 없다.

괜한 불똥이 튀기 전에 피하는 것이 상책인 것이다.

푸확!

쏴아아아~.

연태수의 도는 날카롭게 적들의 목을 베었다.

두 번의 공격은 없었다.

오직 한 번에 한 놈.

다른 곳도 노리지 않고 오직 목만 벤다.

그것이 후환을 남기지 않는 최고의 방법이기 때문이었고, 그만큼 실력에 자신이 있기 때문이었다.

이는 다른 오영들이라고 다르지 않았다.

그들은 철저히 놈들의 목과 심장을 노리며 적들을 살려두지 않았다.

살려둬야 한다는 명령이 없었다.

그렇기에 후환을 남기느니 죽이는 것이다.

와아아아!

함성과 함께 공격을 펼치는 일월신교 무인들.

그 기세는 사뭇 나쁘지 않았으나 상대가 나빴다.

최소한 오각의 무인들이 아니고서야 무섭도록 성장하는 암영들을 막아낸다는 것은 불가능한 일.

이곳에 오각의 무인들이 있을 리 없다.

어디까지나 이곳은 일월신교가 중원을 정복하는데 필요한 정보를 얻을 무인들을 중원에 뿌리기 위한 장소일 뿐.

진정한 일월신교의 강자들은 모조리 본교에 있었다.

결국 머릿수만 많을 뿐 애초에 상대가 되지 않는 일인 것이다. 이는 시간이 갈수록 확실해지고 있었다.

'생각했던 것보다 더 약하군. 내가 나설 필요도 없겠어.'

정작 이렇게 되니 휘가 할 일이 없었다.

그나마 폭룡권이 쓸 만한데 놈의 상대는 화령이다.

발정난 개를 상대하는 덴 그녀만큼 제격인 사람이 없었
다.

"그래도 놈이 여기에 있다는 것은 의외의 소득이야."

화령에게 처절하게 당하고 있는 놈의 얼굴을 보며 휘는
웃지 않을 수 없었다.

지각주 파천권 류운의 아들.

애지중지하는 놈이니 만큼 아들의 사망 소식을 접하는
순간 중원으로 향할 확률이 아주 높았다.

그리 된다면 휘는 놈을 사냥할 생각이었다.

일월신교의 기둥인 오각.

그 중 하나인 지각을 무너트릴 수 있다면…

'재미있겠군.'

벌써부터 그때가 기다려진다.

혈마공을 익히고 지금까진 그 힘을 사용할 상대가 없었
지만, 지각주라면 틀렸다.

휘가 최선을 다해 붙어야 하는 상대.

자신의 능력을 가늠하기에 더없이 좋은 상대였다.

'전생에선 이 몸을 가지고서도 상대 할 수 없었지만, 이
번엔 다를 것이다. 류운!'

으드득!

이를 가는 휘.

휘의 몸에서 진득한 살기가 흘러넘친다.

푸슉!

"아아악!"

뜨거운 고통과 함께 허벅지에서 피가 솟아오른다.

목이 터져라 비명을 지르면서도 다가선 화령을 향해 주먹을 날려보지만 어느새 검을 회수해 뒤로 물러서는 화령.

"죽여, 죽여 버리겠어! 죽여 버릴 거야!"

고래고래 소리를 지르지만 류제명의 모습은 결코 좋지 못했다.

온 몸이 피투성인데다, 옷은 이제 거의 없다시피 했다.

하체의 물건을 가리는 수준에서 멈춘 것이 다행일 정도로.

화령의 소도는 놈의 피부만을 베어 냈다.

덕분에 흐르는 피에 비해 상처 자체는 크지 않았지만, 이젠 워낙 많은 피를 흘린 덕분에 간간히 다리가 풀리는 모습을 보인다.

당연한 일이었다.

인간인 이상 몸의 피가 모자라면 제대로 움직일 수 없으니까.

스컥.

다시 한 번 날카로운 소도가 놈의 등을 베고 지나간다.

"아직 멀었어."

차가운 화령의 목소리에 류제명은 온 몸에 소름이 돋았다.

공포.

그것은 공포였다.

난생처음 겪어보는 공포.

"으… 으아아아!"

결국 그가 택한 것은 맞서 싸우는 것이 아닌 도망이었다.

분명 나쁜 선택은 아니다.

다만.

상대가 나쁠 뿐.

쐐애애액!

퍼억!

"끄아아악!"

어느새 날아온 화살이 왼발 장단지를 꿰뚫는다.

쓰러지는 놈의 오른발 장단지에 틀어박히는 또 한 발의 화살.

퍼억!

"아아악! 악! 아악!"

고통에 진저리치며 몸을 구르는 놈에게 천천히 다가서는 화령.

눈물과 피로 범벅이 된 놈의 얼굴을 무심한 눈으로 내려본다.

"사, 살려. 살려줘! 살려달라고! 씨바!"

"아직 정신 못 차렸구나."

스릉.

놈의 거친 욕설에 차갑게 대꾸하며 화령은 다시 소도를 꺼내 들었다.

하지만 이내 멈추더니 곧 소도를 집어넣고 화살을 꺼내 들었다.

"뭐, 뭘 하려는 거야? 뭘 하려는… 아아악!"

콰드득!

기어서 물러서는 놈의 팔을 빠르게 발로 붙든 그녀가 망설임 없이 화살을 박아 넣었다.

놈의 손목을 꿰뚫은 화살이 땅 깊이 파고들고.

이어 놈의 반대편 팔도.

두 다리도 화살로 꿰뚫으며 지면에 박아 넣는다.

대(大)자로 바닥에 박힌 놈.

연신 비명을 내지르고 욕설을 뱉어내지만 이제 시작이라는 듯 화령이 소도를 다시 꺼내 들었다.

콰직.

소도가 놈의 허벅지를 파고들고, 목청이 터져라 비명을 내지르는 놈.

"시끄러."

우드득!

짧은 한마디와 허벅지에 파고든 소도를 빙글 돌린다.

머리통을 후려치는 강렬한 고통에 소리도 내지 못하고 창백해지는 놈의 얼굴.

뒤늦게 비명을 지르려는 놈에게 화령이 경고했다.

"또 떠들어봐."

툭, 툭.

박힌 소도를 툭하고 치자 놈이 이를 악문다.

"흐끅, 흐끅!"

기묘한 소리가 짓누른 입술 사이로 흘러나오고.

놈의 눈에서 많은 양의 눈물이 흘러내린다.

"어때? 좋아? 좋겠지. 너도 그렇게 했잖아. 이 하찮은 무
기를 휘두르면서 얼마나 많은 여자를 죽였니? 응?"

툭. 툭. 툭.

그녀의 손이 무심하게 놈의 물건을 친다.

살기 섞인 그녀의 말과 손짓에 놈의 얼굴은 하얗게 변한
채 돌아오지 않았지만.

불끈.

놈의 물건은 아니었다.

타인의 손길이 닿았다고 벌컥 모습을 드러내려한다.

"킥킥! 좋나봐? 응? 그래서… 그랬니?"

콰직!

"끄아아아아악!"

웃으며 그것을 보던 그녀의 손길이 과감하게 놈의 물건
을 틀어쥐었고.

기묘한 소리와 함께 터져나간다.

순식간에 힘을 잃고 수그러드는 놈의 물건!

비교 할 수 없는 비명이 놈에게서 터져 나오고.

화살이 박힌 것도 잊은 듯 놈이 몸을 비틀어 대지만, 단단히 땅에 틀어박힌 화살은 놈에게 자유를 주지 않았다.

"개도 말이야. 발정기가 아니면 물건을 함부로 다루지 않아. 근데 넌 사람이잖아. 사람이라는 놈이 발정난 개새끼처럼 여기저기 물건을 휘두르고 다니면 돼? 응? 되냐고!"

콰지직!

그녀의 소도가 이번엔 반대편 허벅지를 파고든다.

부들부들!

몸을 떨며 경련을 일으키는 놈!

당장이라도 고통에 기절을 할 것 같았지만 교묘하게 화령은 놈이 기절하지 않도록 고통을 조절하고 있었다.

마음 같아선 당장이라도 놈의 목을 베고 싶지만.

그건 놈에게 선물을 주는 행위일 뿐.

"넌 죽어. 근데 그냥은 안 죽여. 알지? 그동안 네놈이 죽인 여인들의 원한이 풀리면 죽여줄게. 그 전엔⋯ 넌 못 죽어."

웃으며 말하는 화령을 보며 결국 류제명이 뜨거운 액체를 흘려내고.

화령의 소도가 다시 허벅지를 파고든다.

"와, 내건 제대로 있지?"

어느새 한 자리에 모인 오영들이 화령의 모습을 보며 진저리를 친다.

동생인 연태수가 호들갑을 떨며 바지 안쪽의 자신의 물건을 확인한다.

말은 하지 않았지만 화령을 뺀 네 사람 모두 그녀의 행동에 식은땀을 흘리고 있었다.

지금 그녀가 하고 있는 짓은 남자에게 목숨보다 치욕적인 행동이지 않은가. 그녀가 적이 아닌 것이 다행이었다.

"흥흥흥! 물건을 함부로 다루고 다니는 것들은 죽어도 싸! 암! 그렇고 말공! 흥흥."

다만 한 사람 사마령 만큼은 그 충격이 덜해보였다.

오히려 그녀의 행동을 지지하고 있기도 했고.

"넌 그냥 조용히 있어라. 응?"

"흥!"

연태수의 제지에 사마령이 마음에 들지 않는 듯 볼을 부풀리지만 더 이상 입을 열진 않는다.

다만 그 모습이 보기 힘들 뿐.

"하… 진짜 앞날이 걱정된다."

나지막이 중얼거리는 연태수.

그 말에 반사적으로 백차강과 도마원의 고개가 미세하게 끄덕여진다.

이들이 여유는 부리는 사이에도 암영들은 곳곳에서 활약을 하며 거침없이 일월신교 무인들을 베고 있었다.

누구도 놓치지 않겠다는 듯 아예 산 전체를 둥글게 포위하며 놈들을 한곳으로 몬다.

저들을 이끌어야 할 오영들이 이렇게 여유로울 정도로 암영들은 잘 움직여 주고 있었다.

처음 세상에 나왔을 때 휘와 오영의 지휘가 아니면 아무것도 하지 못하던 모습은 어디에도 없었다.

틈이 나는 대로 천부경을 외며 금제를 풀기 위해 노력했고, 그 결과가 조금씩 드러나고 있었다.

이는 지켜만 보고 있던 휘도 만족스러운 결과였다.

일월신교의 중요한 지부도 없애고, 무림에 일월신교에 대한 경고도 남기고.

여기에 암영들의 자율성이 커진 것까지 확인했다.

이보다 좋을 수 없었다.

"끄아악!"

저 멀리서 비명을 내지르는 놈만 아니라면 말이다.

"그래도 이제 준비는 끝났군."

귀주진가의 멸문은 무림을 뒤흔들었다.

그렇지 않아도 벽력검 사건.

이젠 섬서혈사로 불리는 사건 때문에 흉흉한 무림에 그야 말로 폭탄이 떨어진 것이다.

섬서에서 손에 꼽는 강자인 그들이 안방에서 적을 맞이하고도 패했다.

그리고 누구도 살아남질 못했다.

습격한 자들의 정체는 의견이 분분하지만 누구도 제대로 알아내지 못했다.

그때 또 하나의 소문이 돌았다.

"귀주진가는 일월신교의 분타다!"

일월신교!

그 이름만 들어도 경악스런 사실이 드러나며 각 문파마다 비상이 걸리기 시작했다.

다른 곳도 아닌 일월신교다.

당연히 소문의 진위를 확인하기 위해 수많은 무인들이 귀주진가로 파견되었고, 그곳에서 그들은 진득하게 남은 마기의 잔재를 확인 할 수 있었다.

이는 큰 화재가 될 수밖에 없었다.

마기가 남았다고 해서 일월신교가 모습을 드러냈다고 확신 할 순 없지만 분명한 것은 사람들의 뇌리에 다시 일월신교란 이름이 틀어박힌 것이다.

휘가 노린 대로였다.

더불어 그동안 무림에 벌어졌던 묘한 사건에 대해 의심하고 있던 자들은 확실히 대비를 하기 시작할 것이다.

일월신교에 대해서.

하지만 정작 불벼락이 떨어진 곳은 중원이 아닌 일월신교였다.

"비켜라."

파괴적인 기운을 뿜어내는 지각주의 앞을 막아선 것은 지각의 총관이었다.

직책은 총관이지만 개인적으론 지각주의 친동생이기도 한 류명은 필사적으로 형, 아니 지각주를 막아섰다.

"안됩니다! 제명이가 그리 된 것은 저도 안타까운 일입니다. 허나, 이렇게 마음대로 움직이시면 뒷일을 처리하기 어려워집니다!"

"비켜라."

으르릉!

이를 드러내며 말하는 지각주의 기세가 매섭다.

동생이라도 더 이상은 참지 않겠다는 자세였지만, 류명 역시 물러서지 않았다.

이대로 지각주가 마음대로 중원으로 가버리게 되면 지각은 끝장이었다.

다른 오각의 주인들이 그냥 보고 있을 리 없는 것이다.

겉으로는 서로 협조하고 일월신교의 영광을 위해 움직이지만 속으로는 끊임없이 서로 견제하고 또 견제했다.

훗날 신교가 중원을 정벌한 이후 그들이 나눠가지게 될 영역 때문이다.

당연히 밀려난 곳은 좋지 않은 곳을 받게 될 것이고, 서열이 높을수록 좋은 곳을 받게 될 것이다.

그렇기에 오각에 소속된 무인들이 기를 쓰며 임무 완수에 매달리는 것이고.

소속된 각이 잘 된다는 것은 곧 부와명예가 각에 소속된 무인 전체에게 내려질 테니까.

어쨌거나 지금은 예민한 시기였다.

이런 시기에 지각주인 그가 날뛰는 일은 결코 있어선 안 됐다.

"다른 것은 다 떠나서, 교주님은 어찌하실 생각이십니까! 교주님의 명령 없이 밖으로 나갔다간 결코 돌아올 수 없습니다!"

우뚝.

필사적인 류명의 외침에 지각주의 움직임이 멈춰 선다.

으드득!

이를 악무는 그.

하나 밖에 없는 아들을 잃은 그 심정이 어떻겠는가.

미칠 것 같고, 아들을 죽인 놈들의 목을 당장이라도 베어 넘기고 싶었다.

허나, 그 모든 것에 앞서는 것이 교의 대의.

태어났을 때부터 그렇게 배워왔고 가르침 받았다.

그 무엇보다 중요한 것은 교의 대의라고.

그렇기에 지각주 역시 멈춰 섰다.

"당장은 어렵지만 교주님의 명령을 획득하고 난 뒤라면 문제가 없을 겁니다! 현재 중원을 움직이는 것은 태각에서 담당하고 있으나 그 일부를 본각에서 가져 오는 겁니다. 얼마 전 작은 일을 성공했다고는 하나, 그동안 실패한 것이 있으니 태각에서도 반대만 하고 있을 수는 없을 것입니다. 그 뒤에 수하들을 이끌고 중원으로 가시는 편이 낫습니다. 놈들에 대해 알지도 못하면서 무작정 중원으로 가는 것은 여러모로 손해 입니다!"

"…열흘주마."

획.

짧은 말과 함께 뒤돌아선 지각주가 성큼 거리며 자신의 방으로 향한다.

그 모습에 류명은 안도의 한숨을 내쉬었다.

하지만 곧 열흘이란 기한을 떠올리며 빠르게 움직이기 시작했다.

당장 지각주란 자리가 주는 영향력 때문에 말리긴 했지만 류제명은 그에게도 하나 밖에 없는 조카.

'기다려라. 어떤 놈들인지 몰라도… 반드시 그 목을 베어주마!'

류명의 눈이 차갑게 빛난다.

류명이 제일 먼저 한 것은 진가를 습격한 놈들에 대한 정보를 얻어내는 것이었다.

연이어 태각의 지속적인 계획 운용 능력이 의심되니 지각에서 일각을 담당하겠다는 문서를 보고하여 교주에게 올렸다.

더불어 다른 각에도 연락을 함으로서 동의를 구했다.

마지막으로 지각이 꾸릴 수 있는 최정예를 선발했다.

태각의 일을 일부 담당하게 된다 하더라도 그 규모는 크지 않을 것이다.

거기에 맞추어 최정예를 꾸려낼 필요가 있었다.

그렇게 구일의 시간이 빠르게 흐르고 마지막 날.

류명의 앞에 보고서가 쥐어졌다.

"본교의 일을 방해하던 놈들과 동일한 놈들일 확률이 높다?"

보고서를 보는 류명의 얼굴이 나쁘지 않았다.

일단 중원으로 나가는 일이 급했기에 태각의 일을 이전받은 것이었는데… 이 보고서를 받으니 어쩌면 이번이 지각이 다른 오각을 밟고 일어설 기회가 될 수 있을 것 같았다.

"지금쯤 같은 정보가 다른 곳에서 들어갔을 테지만 반대하기엔 이미 늦었지."

피식 웃음을 터트리는 그.

오각의 협조와 교주의 허락은 이미 어제 받아 놓았다.

이제와 돌이킬 수도 없게 말이다.

어쩌면 자신들에게 협조한 것을 억울해 하고 있을 지도 몰랐다.

"제명이의 억울함도 풀어주고, 확실한 기회도 얻을 수 있다는 건가? 좋군."

일이 이렇게 되자 류명은 오히려 조카인 류제명이 죽은 것을 다행으로 여겼다.

하나 밖에 없는 조카라 아끼고 또 아꼈지만 놈의 행실이 어떠했는지는 그도 잘 알고 있기 때문이었다.

"자, 그럼 가볼까?"

서류를 정리한 그가 분노를 억누르며 지난 열흘 동안 물 한 잔 마시지 않고 자신을 기다리고 있을 형에게 향한다.

❖

"후욱, 흑."

거친 숨을 토해내면 서도 쉬지 않고 움직이는 인영.

온 몸을 둘러싸고 있는 중철(重鐵)은 일반 철의 수십 배에 달할 정도로 무거움을 자랑하는 놈임에도 불구하고 그는 어렵지 않다는 듯 뜀박질을 계속하고 있었다.

무거운 중철을 마치 옷처럼 온 몸을 감싸며 입은 채로 뛰고 있으니 어지간하게 다져 놓은 땅이라도 버티지 못해서, 사내가 뛰고 있는 길을 따라 중철로 만든 판이 쭉 놓여 있었다.

그럼에도 불구하고 사내가 발걸음을 옮길 때마다 쿵쿵하는 소리와 함께 땅으로 파고들고 있었다.

"후욱, 흑. 후욱."

연신 거친 숨을 토해내며 뛰길 한 시진.

여명이 시작되기 전부터 시작되었던 뜀박질은 해가 떠올라 아침을 알리고서도 한참이 지나서야 끝을 맺는다.

철컥, 철컥!

둔탁한 소리와 함께 중철로 된 갑옷을 벗자 드러나는 몸.

마치 조각이라도 한 듯 철저하게 만들어진 몸이 멋들어지게 모습을 드러낸다.

근육하나하나 무인에게 필요하지 않은 것이 없을 정도로 철저하게 만들었다.

보통 독하지 않고서야 이런 근육을 만들어내는 것이 불가능하다는 것은 무인이라면 누구든 잘 아는 사실.

슥.

하지만 당연하다는 듯 사내는 벗어둔 옷을 입었다.

펄럭!

햇빛에 펄럭이는 홍포.

장양운이었다.

폐관수련에 들어갔던 그가 마침내 밖으로 나온 것이다.

헌데, 그의 모습이 많이 달라져 있었다.

약간 어린 시절의 젖살이 남아있던 것 같던 모습은 완벽하게 사라지고, 이젠 야생 수컷의 냄새를 풍기는 사내가 되었다.

장양휘와 똑 닮았던 외모도 이젠 확연히 다르게 구분이 될 정도로 선이 굵어져 있었다.

"고생하셨습니다."

거처로 돌아오자 당연하다는 듯 앉아서 차를 마시던 중년 사내가 장양운을 향해 인사를 올린다.

장양운 역시 익숙한 듯 고개를 끄덕이며 마주 앉았고, 시
비가 차를 내온 뒤 방을 나선다.

　　"이제 많이 안정되신 모양입니다."

　　"아직도 힘들긴 한데, 나쁘진 않아."

　　"역시 대단하십니다. 후후후."

　　"당신이 아니었다면 난 벌써 이 세상의 사람도 아니었을
테고, 새로운 기회를 잡지도 못했을 테지."

　　"과찬의 말씀을."

　　장양운의 칭찬에 중년인은 빙긋 웃으며 찻잔을 내려놓는
다.

　　"미리 말씀드렸지만, 전 둘째 도련님을 지지합니다. 그
렇기에 도련님의 비밀 호위를 맡은 것이고, 또 정체를 드러
낸 것이지요."

　　"알아. 당신이 내게 붙어 있다는 것은 사형에게도 같은
호위가 있다는 뜻이겠지."

　　그 말에 중년인이 웃었다.

　　"본교는 보이는 것과 보이지 않는 것 두 가지가 있습니다.
보이는 것은 저 허울 좋은 오각이고. 보이지 않는 것은 본교
의 진정한 힘이라 할 수 있는 저희 입니다. 이건 아시죠?"

　　"이제는."

　　"저희가 두 패로 나뉜 것은 어디까지나 교주님의 뜻입니
다. 본래 교주님을 호위해야 하는 저희지만 그분께선 이젠
그런 것이 필요 없다 하시니 어쩔 수 없지요."

능숙하게 이야기를 풀어가는 중년인.

그 말속에서 장양운은 많은 것을 얻을 수 있었다.

교주의 제자가 되었지만 장양운은 단 한 번도 사부인 교주를 본 적이 없었다.

오직 책과 서찰로만 연락과 가르침을 받을 뿐.

그렇기에 그의 힘을 알 수 없었는데, 지금 사내의 입에서 나온 한 마디로 어렴풋이 알 수 있었다.

교주의 무공이 하늘에 이르렀음을.

그렇지 않고서야 이런 자들의 호위가 필요 없을 리 없었다.

그런 장양운의 눈빛을 알면서도 사내는 계속해서 입을 열었다.

"각자가 모시고 있는 분이 차기 교주가 되면, 한쪽은 그대로 어둠속에. 한쪽은 밖으로 나설 수 있는 기회를 부여받습니다. 그리고 전 그 기회가 제게 주어질 것이라 믿어 의심치 않고 있습니다, 도련님."

"그 정도라면 얼마든지."

흔쾌히 고개를 끄덕이는 장양운을 보며 사내가 쾌활하게 웃었다.

"와하하하! 좋습니다, 아주 좋아요!"

"그런데 아직도 당신 이름을 가르쳐 줄 생각이 없나?"

장양운은 눈앞의 사내에 대해 아직 모르는 것이 많았고, 그 중 하나가 바로 이름이었다.

허나, 그 물음에 사내는 고개를 저었다.

"도련님께선 아직 제 이름을 아실 자격이 없습니다. 저희 그림자들의 이름을 알 자격은 오직 한 분. 교주님뿐이시지요."

은근히 거절하면서도 자신의 이름을 알고 싶다면 교주의 자리에 오르라고 부추긴다.

그리고 장양운은 그런 부추김이 싫지 않았다.

"그렇다면야 어쩔 수 없는 일이지. 당신 이름을 알아내기 위해서라도 힘을 좀 써보는 수밖에."

"큰 도련님은 만만한 상대가 아닙니다."

"알아. 그렇지만 언제까지고 뒤지고 있을 멍청이도 아니지."

"후후, 좋습니다! 아주 좋아요! 언제든지 도움이 필요하시면 말씀하십시오. 제가 할 수 있는 것이라면 얼마든지 도와드리지요."

웃으며 자리에서 일어선 그가 모습을 감춘다.

익숙한 듯 그가 사라진 뒤에도 찻잔의 차를 다 비우고 나서야 장양운은 일어섰다.

창가에 몸을 기대고 선다.

하늘 높이 솟아오른 해와 끝이 보이지 않는 일월신교의 전경이 모습을 드러낸다.

"저 모든 것을 내 손에."

그의 눈이 욕망으로 번들거린다.

獵左
歸岸 28 章

28 章

"놈들의 행동은 예상을 할 수 없을 정도로 신출귀몰합니다. 태각에서도 놈들을 잡기 위해 함정도 파봤지만, 아예 근처에도 오지 않았다고 하더군요."

"그래서?"

"내부 정보가 흘러나간 것이라 생각했는데, 철저한 조사 끝에 그것은 아니라는 결론이 나왔습니다. 만약 내부 정보가 새어 나갔다면 더 중요한 일을 방해하고 나섰을 테니까요."

"그래서?"

"미리 예상을 할 수는 없지만 한 가지 특징적인 것은 본교의 중원 거점을 벌써 몇 차례나 습격을 했다는 겁니다. 즉, 본교의 거점을 알고 있다는 것이지요."

"……."

연신 떠들어대는 류명을 보며 지각주 류운의 얼굴이 와락 일그러진다.

그것을 확인한 류명은 헛기침을 하며 재차 입을 열었다.

"놈들을 잡을 수 있는 제일 큰 방법은 잠복입니다."

"잠복?"

"예. 좀 추상적일 순 있지만 놈들이 올 것 같은 곳에 숨어서 기다리는 것이지요."

"추상적이로군."

혀를 차는 지각주에게 류명은 어쩔 수 없다는 듯 고개를 저었다.

"이게 아니면 놈들을 잡을 방법이 없습니다. 그나마 제가 확률이 높은 곳을 세 곳으로 추슬렀습니다."

"어떤 방식으로?"

"둘은 본교에서도 규모가 있는 곳이지만 만들어 진지 몇 달 되지 않는 곳이지만 태각의 지휘를 받는 곳이고, 한 곳은 저희의 지휘를 받는 곳이지만 규모가 작습니다. 오직 무림의 정보를 규합하는 역할만 하는 곳인지라."

"일단 보도록 하지."

그 말에 류명은 품에서 지도를 꺼내 펼쳤다.

미리 표기해둔 곳 이외에도 몇 곳이 표시되어 있었고, 그 것을 보던 지각주는 류명이 추천하는 곳 중 하나를 찍었다.

"여기로 하지."

"탁월하신 선택입니다."

류명 본인도 이곳으로 가자고 말을 하려고 했었기에 지각주의 선택에 크게 흡족해하며, 일행을 이끌었다.

지각주 파천권 류운과 지각의 정예고수들이 중원을 향해 움직이기 시작했다.

"상황이 좋을 때 한두 곳 정도는 더 정리를 하는 편이 좋겠지."

"아무래도요. 진가의 위치 때문에 그들이 일월신교와 관련이 있었다는 사실이 충격으로 다가오는 분위기예요. 특히 대문파들의 경우엔 내부적으로 단속을 하는 것 같기도 하고요."

"그렇겠지. 하지만 소문을 믿지 않으려는 자들이 더 많겠지."

"아무래도요. 아직 드러난 것이 많질 않으니까 어쩔 수 없는 일이겠죠. 게다가 분위기가 묘한 것이 일월신교란 범인이 천마신교로 바뀌려는 것 같단 말이죠."

모용혜의 이야기에 휘는 재미있다는 듯 자세를 바로잡는다. 그 모습에 그녀가 재빨리 말을 이었다.

"어디서 흘러나온 이야기인지는 파악 중이지만 분명 천마신교로 목표를 변경하려는 시도가 일어나고 있어요. 그렇지 않아도 마기가 진득하게 남았다는 사실 때문에 천마신교를 의심하는 자들도 있으니 잘 통할 수도 있고요."

"놈들이겠군."

"아무래도요."

휘의 말에 동의하며 모용혜가 말을 이었다.

"이런 시기에 하나 둘 정도 정리를 한다면 의견이 분분하게 갈리게 되겠지만, 잃는 것보단 얻는 것이 많아요."

"그렇겠지. 천마신교 입장에서야 억울할지 몰라도 어쨌거나 일월신교에 대한 것을 전 무림이 알게 될 테니."

"어쩔 수 없는 일이죠."

웃으며 말하는 모용혜.

그 모습에 휘는 자리에서 일어섰다.

"정보 쪽을 잘 부탁하지."

"얼마든지요."

자신만만하게 대답하는 그녀를 뒤로하고 휘는 그 길로 암영들을 데리고 저택을 벗어났다.

휘가 목표로 하는 곳은 당장은 규모가 작지만 훗날 일월신교의 첨병으로 활약하게 될 곳이었다.

규모가 크지 않은 지금이야 말로 없애기에 적당했다.

하지만 휘는 몰랐다.

그곳에 자신을 노리는 짐승이 숨죽이고 있다는 것을.

호남성 남단에 강영(江永)이라는 크지 않은 도시가 있다.

광서성과 가까워 상인들이 쉬어 갈 법도 하지만 가까운 곳에 관도가 지나가는 강화라는 도시가 있어 막상 이곳을 찾는 상인도 그리 많지 않았다.

소규모 관도가 이어져 있긴 하지만 대형 관도가 지나가는 강화와 비교 할 순 없다.

덕분에 강영은 그리 크지도 작지도 않은 소규모 도시로 오랜 시간을 머물고 있었고, 이곳에 자리를 잡은 무림문파들 역시 그 규모가 작았다.

아니, 무림문파라 부르기 어려울 정도다.

도시의 아이들을 가르치는 무관 정도가 전부였으니까.

이런 강영에서 반나절을 서쪽으로 움직이면 작은 산이 하나 있다.

크지도 않은데다, 약초나 사냥감도 없어 사람의 발길이 뚝 끊어진 이곳.

바로 그곳을 향해 휘들이 움직이고 있었다.

스슥, 슥.

딱히 몸을 숨긴 것도 아닌데 그 은밀성이 대단하여 큰 소리가 나지 않는다.

단숨에 산 정상에 오른 휘는 예리한 시선으로 주변을 살핀다.

'분명 이 근방이라고 들었던 것 같은데?

차후 이곳이 중요한 거점이 된다는 것은 알고 있지만 휘본인도 한 번도 가보지 않았고, 이야기도 귀로 들은 것이

전부였기에 쉬이 찾지 못했다.

진법이라도 펼쳐져 있다면 기의 흐름이라도 잡아내겠지만 아쉽게도 그런 것도 없다.

정상에 올라 주변을 둘러보지만 보이는 것이라곤 나무뿐.

숲의 풍성함에 가리어진 산이 가득 시선에 들어올 뿐이다.

"쉽지 않겠는데…."

나지막이 중얼거린 휘가 뒤를 보며 명령했다.

"찾아봐."

"존명."

명령이 떨어지기 무섭게 암영들이 사방으로 흩어진다.

수하들이 흩어지는 것을 확인하고서도 휘는 주변을 둘러보았다.

그렇게 기다리길 잠시.

"찾았습니다."

"가자."

"왔습니다."

류명의 말에 지루하게 나무 위에 누워있던 지각주 파천권 류운이 몸을 일으킨다.

"생각보다 빠르군."

"운이 좋았죠. 적어도 저희한테는 말입니다."

"그래서 위치는?"

"곧 이곳으로 몰려들 것으로 파악 됩니다."

총관 류명의 대답에 지각주는 천천히 몸을 풀기 시작했다.

꿈틀, 꿈틀.

살아있는 듯 꿈틀대는 근육과 당장이라도 폭발 할 것 같은 광기가 깃든 두 눈.

그 모습을 보며 류명은 오늘 놈들의 명줄이 끝날 것이라 확신했다.

"움직일 시기는?"

"철저하게 하기 위해선 아쉽지만 저곳은 버리는 편이 나을 듯합니다."

"차후 다시 세워야 하겠군."

"계획에 차질 없도록 준비하겠습니다."

류명의 든든한 대답을 들은 지각주가 시선을 돌리자 이백에 이드는 지각의 정예들이 이리저리 움직이며 몸을 풀고 있었다.

언제든 명령이 떨어지면 달려가기 위해.

"오늘. 놈들은 죽는다. 제명이의 넋을 달랠 것이다."

"뜻대로 되실 것입니다."

숲과 숲 사이의 계곡.

교묘하게 가려진 그곳에 놈들이 있었다.

백마곡과 비슷한 형태로 입구는 하나뿐.

다만 백마곡처럼 높은 절벽으로 둘러싸인 것이 아니라, 그 효용이 떨어지긴 했지만 몸을 숨기기엔 최적의 장소였다.

"저곳입니다."

암영의 보고에 고개를 끄덕이며 앞으로 나선 휘는 조심스레 계곡을 둘러보았다.

평범한 듯 보이는 계곡이지만 정문과 위로 충분한 경계 인력이 배치되어 있었고, 만약을 대비함인지 전서구조차도 안에서 날리지 않고 계곡 밖의 산으로 가서 날리고 있었다.

극도의 조심스러움.

'저런 식이라면 전서구를 받아오는 곳도 따로 있다는 건데….'

하지만 그것 이외에 특별한 점은 찾을 수 없었다.

곳곳에 무인이 배치되어 있긴 하지만 그 수도 적은데다, 실력도 좋은 편은 아니었다.

저것만 보면 괜히 암영들을 두 조나 데리고 왔나 싶을 정도였다.

"차강, 마원."

"예."

고개 숙여 답하는 백차강과 묵직하게 고개를 숙일 뿐 입을 열지 않는 도마원.

같은 듯 다른 두 사람을 보며 휘는 명령을 내렸다.

"마원 네가 정면에서 치고 들어가라. 차강은 주변을 차단한다. 빠져나가는 자가 없어야 할 것이다."

"존명!"

휘의 명령이 떨어지기 무섭게 두 사람이 움직인다.

둘을 따라 갈아져 움직이는 암영들.

그 모습을 멀리서 지켜보고 있는 자들이 있었으니, 바로 지각의 무인들이었다.

놈들은 조용히 숨을 죽인 채 암영들의 움직임을 끝까지 지켜보다 사라진다. 결코 들키지 않았을 것이라 생각하며.

하지만.

"왔나?"

휘의 시선이 멀어지는 놈들을 보며 웃고 있었다.

이곳에 들어서는 그 순간부터 휘는 알고 있었다. 저 멀리 숨어서 자신들을 지켜보고 있는 자들의 존재를.

기감의 예리함으론 천하제일이라 불러도 손색이 없는 휘다.

아무런 방해도 없는 이곳에서 제 아무리 기척을 숨긴다 한들 휘의 이목을 벗어나는 것은 어려웠다.

아니, 지각주 혼자라면 가능한 일일 테다.

하지만 놈은 혼자가 아니었고, 그것이 휘가 놈들을 알아차리는 단서가 되었다.

'지각주 성격에 지금까지 참은 것이 본의는 아닐 것이고. 역시 지각의 머리인 류명 총관이 함께 온 모양이로군.

하긴 그가 아니라면 지각주를 막을 사람이 없긴 하지.'

휘가 생각에 잠기는 동안 암영들은 착실히 공격을 시작했다.

도마원이 정면에서 치고 들어갔고, 백차강이 수하들을 데리고 절벽 위를 오가며 빠져나가는 자들을 차단한다.

자신의 명령대로 움직이는 암영들을 보던 휘도 느긋하게 발걸음을 옮기기 시작했다.

'류명 총관의 성격을 생각하면 나도 움직여야 움직이겠지. 화령이 잘 하고 있는지 모르겠네.'

분명 저택을 나올 때 암영들 전부를 데리고 왔다.

그 중 이곳에 온 것은 두 조뿐이지만 인근 멀지 않은 곳에 남은 암영들이 화령의 인솔로 숨어있었다.

언제든 신호만 주어지면 달려올 생각으로.

애초에 류제명을 발견하고 놈을 죽이는 순간부터 휘는 암영을 분리할 생각이 없었다.

류제명은 지각주를 끌어낼 훌륭한 미끼였고, 놈이 나온다는 것은 지각이 움직인다는 뜻.

제 아무리 휘라도 지각을 상대로 단신으론 싸울 순 없었다.

그렇기에 암영 모두를 대동할 필요를 느꼈고, 그것은 딱 맞아 떨어졌다.

'지금까지는 좋아. 문제는 놈이 얼마나 데려왔냐는 것인데… 지금 상황으로 지각 전부를 움직이진 못했을 테니,

최소한의 인원만 동원했을 거야. 그렇게 본다면 결국 최정예로 일행을 꾸렸겠지.'

만만치 않은 싸움이 될 터다.

암영들이 강하다곤 하나 지각의 무인들 역시 만만치 않았다.

특히 최정예로 인원을 꾸려왔다면 더욱 그럴 것이다.

오각의 무인들 중에서도 가장 떨어지는 것이 태각이라 한다면 지각은 상황이 달랐다.

지각은 오각 중에서도 단순 무력으로만 따지면 두 번째 서열을 가지고 있었다.

지각주부터 강력한 무력을 지니고 있으면서도 끊임없이 수련을 하니, 그 수하들 역시 영향을 받은 것이다.

"싸움은 시작됐어."

복잡한 생각은 털어버리며 암영들이 길을 연 계곡 안으로 들어선다.

어차피 일은 벌어졌고, 남은 것은 싸우는 것 뿐.

이것저것 생각 할 필요도 없다.

놈들을 맞이할 준비만 하면 끝이니까.

"…그래. 수고했다."

수하의 보고에 류명이 천천히 지각주를 향해 다가선다.

언젠가부터 숨을 고르고만 있는 류운.

평범하게 숨을 고르고 있을 뿐임에도 어딘지 모르게

위압적이다.

침을 꿀꺽 삼키곤 류명이 그에게 입을 열었다.

"쥐새끼들이 덫에 걸려들었습니다."

"후우… 그래?"

스윽.

천천히.

아주 천천히 자리에서 일어서는 그.

우웅, 웅.

허공이 진동할 정도로 패도적인 기세가 그의 몸에서 흐르기 시작한다.

둑이 터진 것처럼 기세등등하게 쏟아져 나오는 기를 차마 버티지 못하고 류명이 뒤로 물러선다.

그런 그의 움직임 따윈 상관없는 듯 류운이 천천히 앞으로 발을 내딛으며 명령한다.

"가자. 사냥 할 시간이다."

스슥, 슥.

그의 뒤편으로 지각의 정예들이 흥분을 감추지 못한 채 모습을 드러낸다.

휘가 계곡 안으로 들어오자 그 짧은 시간에 정리가 끝나 있었다.

밖으로 도망치는 인원이 없는 것을 확인한 백차강이 절벽을 넘어서 안쪽을 공략했기 때문이었다.

이는 미리 약속된 것으로 최대한 빨리 내부를 정리하고 만약에 있을 적을 맞이하기 위한 방법이었다.

"화령에게 신호를 보내라."

"적입니까?"

"강한 놈들이다. 전력을 다해야 할 거다."

"알겠습니다."

휘의 명령에 백차강이 뒤편에 신호를 주었고, 그것을 받은 암영이 빠른 속도로 절벽을 타고 올라가더니 품에서 거울을 꺼내 저 먼곳으로 신호를 보낸다.

한참 뒤, 반대편에서 같은 신호가 오는 것을 확인한 그가 다시 돌아왔다.

그 사이 암영들의 기세는 많이 바뀌어 있었다.

"힘을 아끼지 마라. 이번 상대는 힘을 아낄 수 있는 상대가 아니니까. 빈틈이 보이면 주저 없이 찌르고, 베어라. 마지막 순간에 서 있는 것은 우리가 될 테니."

"존명!"

사아악.

암영의 몸에서 흘러나온 기운들이 계곡을 뒤덮는다.

처음이었다.

무림에 나온 이후 전력으로 싸울 수 있는 상대가 나타난 것은.

그것도 암영 전체가 말이다.

말은 하지 않았지만 백차강과 도마원도 크게 흥분을

한 듯 했고, 암영들도 마찬가지였다.

특히 어느 정도 금제에서 벗어난 암영들은 더 심했다.

당연한 일일지도 몰랐다.

자신들을 이런 몸으로 만들어 버린 놈들에 대한 진정한
복수가 시작되는 것이니까.

그러는 사이.

마침내 놈들이 계곡 입구에서 모습을 드러낸다.

저벅저벅-.

발걸음 소리가 고요한 계곡에 울린다.

이미 안쪽에서 준비를 마쳤다는 것을 아는 것인지 류운
의 발걸음은 거침이 없었다.

그렇게 계곡에 들어서고 서로 간의 거리가 십여 장을 남
겨두고서야 그가 멈춰 선다.

류운의 뒤로 보이는 이백여 명의 무인들을 보며 휘는 고
개를 끄덕였다.

'최정예로 구성했구나. 전부 데려오길 잘했어.'

휘가 잠시 뒤편에 시선을 주는 동안 류운은 휘에게 시선
을 고정시켜 놓고 있었다.

"네놈… 누구냐?"

거친 음색으로 입을 연 류운.

그제야 휘의 시선이 그를 향한다.

부딪치는 시선.

"글쎄? 네가 날 알까?"

능청스런 휘의 대답에 류운의 눈썹이 꿈틀댄다.

"그렇군. 하긴 알 필요는 없겠지. 어차피 내가 필요로 하는 것은 네놈의 목이니까."

"동감이야. 내가 필요로 하는 것도 그거거든."

"그래. 그렇겠지."

의외로 선선히 대답한 류운.

그 순간.

스학.

그의 신형이 사라졌다 나타나는 순간 휘의 머리가 있던 곳으로 류운의 주먹이 스쳐 지나간다.

어느새 몸을 빼낸 휘.

그것이 시작이었다.

"죽여 버리겠다!"

괴성을 내지르는 류운은 더 이상 참지 않겠다는 듯 강렬한 살기를 내뿜는다.

그에 맞춰 지각의 무인들이 살기를 내뿜으며 달려들었고, 기다렸다는 듯 암영들이 앞으로 달려간다.

카카캉!

카칵!

사방에 들려오는 병장기 소리.

그것을 뒤로하고 휘는 지각주 류운에게 집중했다.

류운은 휘도 쉽게 볼 수 없는 고수.

혈마의 무공을 얻으며 강해진 자신을 실험해 보기에 분
에 넘치는 상대였다.

'할 수 있다. 나는… 할 수 있다!'

쿠오오오!

휘의 몸에서 붉고 거친 기운이 뿜어져 나온다.

그것은 류운의 검은 기운과 부딪치며 힘겨루기를 시작한
다!

푸확!

파천권이란 별호가 결코 아깝지 않은 그의 주먹은 휘의
심장을 여러 번 철렁이게 만든다.

그의 주먹은 빠르면서도 강렬했고, 위협적이었다.

스치는 것만으로도 생채기가 생겨날 정도로 날카롭기도
했다.

파바밧!

눈이 어지럽도록 날아드는 놈의 주먹.

멀리 있다 싶다가도 단수에 코앞에 다가서는 주먹은 쉽
게 이해 할 수 없는 궤적을 그리며 날아든다.

어지간한 실력의 무인은 그의 주먹을 확인하지도 못하고
쓰러질 터다.

반면 휘는 잘 버티고 있었다.

아니 간간히 류운의 주먹을 튕겨내며 반격을 가한다.

휘 역시 주먹질에 있어선 일가견이 있는 자.

파천권에 결코 밀리지 않았다.

떠더덩!

허공을 울리는 강렬한 충격음.

귀를 둔탁하게 때리는 소리에도 휘는 익숙한 듯 날아드는 류운의 주먹을 허리를 숙이고, 머리를 흔들어 피해내곤 반보 앞으로 내뻗는 것으로 공격 사정권에 놈을 집어 넣었다.

하지만 류운 역시 만만치 않았다.

공격이 실패한 것을 직감하자 곧장 한 발 앞으로 나선 것이다.

타격점이 흩어지며 위력은 줄어들지만 반대로 자신의 품으로 파고든 적도 타격점을 잃으며 공격을 제대로 펼칠 수 없다.

생각대로 휘는 극도로 짧아진 간극에 제대로 힘을 싣지 못했다.

"흡!"

퍼퍽!

복부에 힘을 주자 제법 튼실한 충격이 오지만, 그것뿐.

목숨이 위험할 정도로 강력한 충격은 없었다.

"큭!"

혀를 차며 재빨리 몸을 피해내는 휘.

하지만 다가선 적을 고이 놓아 줄 정도로 류운은 바보가 아니었다.

콰드득!

강하게 쥔 주먹에 막대한 내공이 몰리고.

짧은 순간 충분히 모았다 생각한 그는 거침없이 휘를 향해 주먹을 휘둘렀다.

무작정 휘두르고 보는 것 같지만 거기에 실린 힘은 전형적인 한 방만 걸려라였다.

쩌어억!

굉음과 함께 땅이 갈라진다.

그 주먹에 얼마나 많은 힘이 실렸는지 단적으로 보여주는 것 같다.

오싹!

소름이 돋아오는 몸.

식은땀이 절로 흘러내리지만 휘는 웃었다.

아무리 자신이라 하더라도 그의 주먹에 제대로 걸리면 박살이 날 것이다.

보통 사람이라면 죽음의 공포를 느꼈겠지만, 휘는 희열을 느끼고 있었다.

'그래! 이거야, 이거! 내가 살아있다는 감각!'

잊고 있던 감각이었다.

다시 돌아왔을 때까지만 해도 어렵지 않게 느꼈던 감각이지만, 어느 사이에 무덤덤해졌었다.

강해지면 강해질수록 더 그랬던 것 같다.

그랬었는데, 지금 마른 땅에 비가와 대지를 적시듯 휘의 몸 전체에 강렬한 감각이 요동을 치고 있었다.

부르르.

자연스럽게 떨려오는 몸.

넘치는 희열에 절로 입가에 미소가 지어진다.

하지만 류운의 입장에선 달랐다.

그렇지 않아도 자신의 공격을 쥐새끼처럼 피해나가는 것이 마음에 들지 않는데, 입가에 미소까지 띄운다.

저 미소가 뜻하는 바가 무엇이겠는가.

"이! 개자식이!"

쿠와아악!

류운의 몸에서 이제까지완 비교 할 수 없는 막대한 기운이 뿜어져 나오더니 순식간에 유형화되기 시작했다.

두 주먹에 서리는 강렬한 빛!

그 파괴적이면서도 신비한 기운이 뜻하는 바는 하나.

"권강(拳罡)!"

"그래! 권강이다 이 쥐새끼 같은 놈! 이것도 피하나 보자!"

푸확!

마치 허공을 꿰뚫듯 날아드는 강렬한 주먹질에 휘가 전력으로 고개를 숙였다.

뒤통수를 스쳐지나가는 주먹.

그 서늘함에 온 몸이 얼어붙는 듯 하고.

다른 생각을 할 틈도 없이 류운의 무릎이 휘의 안면을 노리고 날아든다.

허리를 숙인 채 재빨리 몸을 비틀어 피해내자, 어느새 복귀한 놈의 주먹이 하늘에서 땅을 향해 떨어져 내리고.

꾸욱!

발끝에 힘을 집중한 휘는 폭발적인 힘으로 몸을 밀어냈다.

콰아앙!

몸을 피하기 무섭게 내려 꽂이는 류운의 주먹!

쿠구구!

쩌쩍!

귀를 멍멍하게 만드는 굉음과 함께 틀어박힌 주먹을 중심으로 반경 일장 안이 움푹 내려앉는다.

"쥐…새끼처럼 피하지만 말고 덤벼라! 이 개자식아!"

쿠오오오오!

거침없이 분노를 드러내는 류운.

그런 류운을 보며 휘는 내공을 끌어올렸다.

꼭 그의 말 때문이 아니더라도 이젠 제대로 해볼 생각이었다.

류운의 실력을 가늠해보기 위해 지금까진 피하기만 했지만 이젠 그럴 필요가 없었다.

"좋아. 해보자고."

우우우!

가벼운 떨림.

떨림과 함께 휘의 몸을 타고 흐르는 붉은 기운들!

그 붉은 기운의 최종 종착지는 굳게 쥐어진 두 주먹이었다.

점차 빛을 뿌려대는 주먹.

요염하면서도 정열적이고 뜨거운 그 기운이.

기의 정수.

강기로 모습을 드러낸다.

"크크크! 그래, 그래야지! 내 아들을 죽인 놈이 이렇게 허약할 리 없지! 크하하하! 죽어라! 내 아들의 원을 갚을 것이다!"

"거 말 많네."

주절거리는 놈에게 짧게 쏘아주곤 휘가 움직인다.

천천히 보법을 밟아가는 휘.

그 움직임이 마치 술에 잔뜩 취한 사람이 걸어가는 것 같다. 빠르지도, 느리지도 않은 움직임.

하지만 어디까지나 보이는 것일 뿐.

실제로는 눈 깜짝 할 사이 류운에게 달려가고 있었다.

류운의 입장에서 본 휘의 움직임은 까다롭기 그지 없었다.

온 몸으로 내뿜는 기는 움직임을 예측하기 어렵게 만들고, 두 눈은 연신 놈의 움직임에 홀린다.

알면 알수록 당하기 어려운 것이 절정의 보법이다.

그런 점에서 보자면 휘의 보법은 극상의 것이었다.

으득!

이를 악문 그의 입술 사이로 붉은 피가 흐른다.

"이게, 이게 뭐 어쨌다는 거냐!"

쿠아아악!

콰콰콱!

결국 류운의 선택은 힘이었다.

그 압도적인 힘으로 눈앞의 어지러움을 날려버린 것이다.

굉음과 함께 그가 내뻗은 주먹의 궤적대로 땅이 날아가 버린다.

이미 궤적을 벗어나 있던 휘는 큰 피해는 없었지만 류운의 압도적인 힘에 놀라지 않을 수 없었다.

하지만.

'그뿐이지. 저 정도라면… 나도 어렵지 않아.'

콰쾅-!

이번엔 휘였다.

작정하고 휘두른 주먹이 류운을 향했고.

류운이 다급히 몸을 피하자, 그가 서 있던 땅이 폭발하듯 날아가 버린다.

도저히 주먹으로 공격한 것이라곤 믿을 수 없을 정도로.

마치 괴수대전을 보는 것 같다.

그 압도적인 모습에 누군가 놀랄만도 하지만, 아쉽게도 그럴 틈이 없었다.

화영이 도착하기 전까진 저 인원을 자신들끼리 막아내야 했다.

인원은 거의 일대일이라 문제가 없었지만 전체적인 수준에 있어선 지각 무인들이 앞서고 있었다.

과연 지각의 정예 무인들이라 할 수 있었지만 일방적으로 밀리는 것은 암영들 스스로도 용납 할 수 없는 상황.

그렇기에 최대한, 아주 최대한 놈들의 숫자를 줄이기 위해 노력했다.

"크아아악!"

"컥!"

쩌엉!

각종 비명소리가 사방에서 들리고.

간혹 암영들의 몸에 무기가 적중하는 소리가 들려온다.

때론 튕겨나고, 때론 몸에 틀어박힌다.

그럼에도 암영들은 물러서지 않았다.

암군이 내린 명령을 절대적인 것이었고, 암군이 물러서지 않는데 암영이 물러설 순 없다.

암영이란 자존심.

그것이 그들의 원동력이니까.

그렇게 힘들게 버틴 결과.

피잉-!

투콱!

화영의 화살을 시작으로 숨어 있던 암영들이 모습을 드러내었다.

투확!

떠더덩!

둘의 주먹이 연신 허공에서 부딪치거나, 빗나간다.

일장 밖으로 떨어지지 않고 맞붙어 싸우는 두 사람의 주먹과 발은 거의 눈에 보이지 않을 지경.

대체 어떻게 저리 움직일 수 있는지 의문일 정도다.

쩌엉!

또 한 번 주먹이 부딪치고.

뼛속까지 울리는 그 강렬한 충격에 절로 이를 악무는 휘.

놈이 전력을 다하듯 휘 역시 전력을 다하고 있었다.

그럼에도 불구하고 놈에게서 승기를 붙들지 못하고 있었는데, 이는 휘 자신조차 당황할 정도였다.

'대체, 대체 왜?!'

몸 안에선 아직도 끓어 넘치는 힘이 느껴진다.

당장이라도 류운을 박살내버릴 수 있을 것 같은 힘.

헌데, 그것을 끌어 낼 수가 없었다.

오히려 혈마공을 익히기 전보다 힘이 줄어든 것 같다.

이는 착각이 아니었다.

분명.

휘는 약해져 있었다.

'왜지? 왜 안 되는 거지? 뭐가 잘못된 거지?'

혈마공의 구절을 다시 외워보고 그에 따라 내공을 움직여 보지만 소용이 없었다.

마치 이것으론 되지 않는다는 것처럼.

이제까지 이런 적이 없었다.

그렇기에 휘가 당황하는 사이 류운의 공격은 점차 정교해지고 있었다.

처음엔 아들의 죽음으로 인해 이성을 잃었었지만 내공을 소모하고, 휘와 부딪치며 그 힘을 느낄수록 서서히 이성이 돌아오고 있었다.

그리고 처음 한 생각.

'강하다!'

자신의 주먹을 피하지 않고 맞부딪쳐 온다.

이는 일월신교 내에서도 격어보지 못했다.

그제야 정신이 번쩍 들었다.

'…이곳에서 죽여야 한다. 살려둔다면 두고두고 본교의 행사에 방해가 될 것이다. 자칫 대업이 실패로 끝날 수도 있다!'

거기까지 생각이 미친 류운의 공격이 날카로워진다.

힘으로만 밀어 붙이던 움직임에서 벗어나, 파천권(破天拳)이란 별호를 얻었을 때의 모습을 되찾기 시작했다.

쩌저적!

분명 허공을 때렸음에도 굉장한 소음이 터져 나온다.

그 강렬함에 잠시 귀가 멀지만, 휘는 재빨리 내공을 머리에 집중시키며 충격을 받아낸다.

동시 휘는 뱀이 나무를 타고 오르듯 주먹을 아래에서 위로.

류운의 허리에서 턱을 노리고 날렸다.

빠르면서도 정교한 그 동작에 류운은 고개를 젖히는 것으로 피해내곤 허리를 빼며 무릎을 치켜들었다.

목표는 휘의 낭심.

이를 눈치 챈 휘가 빠르게 뒤로 한 걸음 물러선다.

그리고 반대로 놈의 무릎을 노리고 빠르게 주먹을 내지른다.

쐐애액!

단숨에 무릎을 박살내버릴 것 같은 휘의 주먹이 허공을 가른다.

땅을 붙든 남은 발에 강한 힘을 주어 뒤로 물러선 것이다.

이어 류운의 주먹이 번개처럼 빠르게 날아든다.

휘 역시 물러서지 않고 주먹을 내뻗었다.

허공에서 교차하는 둘의 주먹.

떠더덩!

묵직한 소음과 함께 둘의 신형이 빨라진다.

핑-!

콰직!

자신의 손을 떠난 화살이 적의 머리에 틀어박히는 것을 확인하고서 재차 화살을 날리기 위해 화살통에 손을 넣는다.

휘적, 휘적.

"벌써?"

충분히 준비했다고 생각했는데 화살이 떨어졌다.

평상시라면 화살이 떨어지는 걸 미리 알았겠지만 오늘 만큼은 그녀도 어쩔 수 없었다.

그만큼 정신 없이 화살을 날려댔던 것이다.

쉬지 않고 움직여야 하는데다, 자신 있게 날린 화살이 모두 통했던 것도 아니다.

백발백중을 자랑하던 그녀지만 오늘 만큼은 아니었다.

지각의 정예답게 순간적으로 날아드는 화살임에도 그들은 잘 막아냈다.

일부는 피했고, 일부는 막았으며, 일부는 방향을 틀었다.

방향을 튼 자들 중엔 다른 부위를 당하는 경우도 있었지만, 적은 숫자였다.

"칫!"

팍!

짧게 혀를 차며 화령이 빠르게 앞으로 달려 나간다.

때마침 자신을 노리고 달려드는 적 두 명이 보인다.

스릉―.

활을 몸에 걸치고 재빨리 소도 두 자루를 뽑아든 그녀가 놈들을 향해 달려들었다.

갑작스런 그녀의 움직임에 당황하면서도 놈들은 좋다고 무기를 휘두른다.

당연한 일이었다.

활을 사용하는 무인들 중에 근접전에선 그 힘을 잃는 자들이 한 둘이 아니었으니까.

문제는 그녀가 그런 놈들과 궤를 달리한다는 것이었다.

카카칵!

스컥!

왼쪽에서 휘둘러오는 검을 소도로 비틀어 궤적을 바꾼 그녀는 단숨에 놈의 목을 그었다.

그와 동시 몸을 짧게 회전시키며 당황하는 놈을 이마에 소도를 박아 넣었다.

콰직!

눈 깜빡할 틈도 없이 단숨에 두 놈을 정리하는 그녀.

그녀의 실력도 뛰어났지만 놈들이 순간적으로 방심했기 때문이다.

화령 역시 그 점을 간과하지 않았다.

두 자루의 소도를 쓰는데 자신은 있지만 어디까지나 자신은 궁수.

활을 들었을 때 진정한 힘을 발휘 할 수 있었다.

"저기 있다!"

그녀의 눈이 빛을 발한다.

치열한 싸움 속에 뛰어들면서까지 그녀가 찾은 것은 바로 화살이었다.

자신이 쏘아 보낸 화살.

화살이라는 것은 아주 예민한 것이다.

특히 그녀가 쓰는 화살은 특수 주문되어 더욱 그러한데, 한 번 사용한 화살은 두 번 사용하기 어려울 정도였다.

그럼에도 그녀가 화살을 찾은 이유는 단순했다.

"멀리서나 못쓰지! 궁수도 근접전을 할 수 있단 말이야!"

버럭 소리를 내지른 그녀의 손에 어느새 활이 들리고, 순식간에 시위가 당겨지며 화살이 걸린다.

핑-!

콰드득!

단숨에 가까이 있던 놈의 심장을 꿰뚫고 지나가는 화살.

거기서 멈추지 않고 뒤에서 달려들던 놈에게 날아가, 놈이 깜짝 놀라며 물러서는 효과까지.

빙긋 웃은 그녀가 혀로 입술을 축이고.

"덤벼, 새끼들아! 오늘 제대로 미쳐보자!"

화령이 몸을 날린다.

"…미쳐보자!"

멀리서 들리는 핏줄의 목소리에 연태수가 얼굴을 찡그린다.

그러면서도 손에 들린 도는 날카롭게 적의 몸을 두 동강 내버린다.

"제대로 날뛸 모양인데…."

약간의 틈을 타 그의 시선이 멀리 화령을 향한다.

미친 듯 웃으며 활을 쏘아내는 그녀.

근처에 화살이 없으면 죽은 자들의 검을 시위에 걸어 날리는 것이 보통이 아니었다.

다른 무림인들이 본다면 신기(神技)라 하겠지만 태수가 본 그녀의 상태는 정상이 아니었다.

"미친년 가까이 가는 게 아니라고…."

퍼퍽!

순간 날아든 검이 태수에게 접근하던 적의 몸을 꿰뚫는다.

"…그래, 내가 그렇지."

보지 않아도 누가 날렸는지 아는 터가, 태수는 뒷말을 삼키고 다시 도를 들었다.

"덤벼!"

그리곤 적들을 향해 달려든다.

누가 봐도… 화풀이였다.

그렇게 암영들이 수적 우위를 충분히 이용하며 지각 고수들의 숫자를 빠른 속도로 줄여가고 있었다.

암영들 역시 피해가 없는 것은 아니었다.

그 튼튼한 몸을 가진 암영들 중 벌써 서른이 죽거나 크게 다친 상태였다.

오백에 이르는 암영들 중에서 서른은 결코 적은 숫자가 아니었다.

그렇기에 오영들은 좀 더 많이 움직이며 적들을 베어냈고,

그에 맞추어 암영들 역시 교대로 움직이며 피해를 줄여갔다.

누군가가 명령한 것이 아니었다.

싸움을 거치며 스스로들 판단을 내리기 시작한 것이다.

비록 서른이란 희생은 작지 않지만, 그것으로 인해 얻은 것은 앞으로의 싸움에 무궁무진하게 도움이 될 것이 분명했다.

그렇게 이들의 싸움이 서서히 끝을 고해 가고 있지만, 휘와 류운의 싸움은 아직 그 끝이 보일 기미가 없었다.

어느새 계곡의 절벽을 타고 넘어간 둘은 산이 무너져라 힘을 쏟아내고 있었다.

보통의 무인이라면 벌써 내공을 전소하고 쓰러졌을 테지만, 둘은 마치 내공이 마르지 않는 듯 어마어마한 힘을 소모하고 있었다.

투확!

콰콰콱!

류운의 주먹이 허공을 때린다.

그 힘의 여파가 허공을 격하고 날아가 산에 가득하던 나무를 날려버리고.

휘가 휘두른 주먹 역시 비슷한 광경을 만들어 낸다.

파지직! 파직!

압도적이라 불러도 무방할 둘의 기운이 충돌하며 만들어 내는 뇌성.

곳곳에 그 흔적을 남기며 때론 두 사람이 충동하지 않았음에도 폭발하며 주변을 박살낸다.

그만큼 두 사람의 몸에서 뿜어져 나온 기가 어마어마한 상태였다.

"후욱, 후욱."

숨을 조절하며 휘는 자신의 몸을 관조한다.

서서히 내공이 바닥을 보이고 있었다.

몸 안쪽에서 꿈틀대는 놈은 결국 움직이질 않았다.

놈만 아니었어도 더 압도적인 기운으로 류운을 몰아 칠 수 있었을 텐데, 그럴 수 없었다.

그 이유도 알 수 없지만, 당장 파악하고 있을 수도 없었다.

눈앞에서 류운의 주먹이 날아다녔으니.

제대로 걸리면 거기서 끝이다.

그것이 몸으로 체감될 정도로 류운의 공격은 강력했고, 예리 했다.

이미 놈이 제 정신으로 돌아왔다는 것은 이전에 알아차렸다. 그것이 아니었다면 벌써 싸움은 끝을 봤을 터다.

'방법을 찾아야 한다. 방법을!'

이대로라면 지는 것은 시간 문제였다.

단순히 지는 것으로 끝날 문제가 아니었다.

자신을 믿고 따라온 암영들과 사람들이 있었다.

그리고.

'어떻게 돌아왔는데! 이렇게 끝날 순 없다!'

으드드득!

이를 악문 휘.

떠덩! 퍽!

그때였다.

날아드는 류운의 주먹을 상쇄했다 싶은 그 순간.

옆에서 날아드는 또 다른 주먹을 미처 발견하지 못했고, 그대로 얻어맞아야 했다.

다행이 큰 힘은 실리지 않은 공격이었지만 단순한 문제가 아니었다.

마침내 균형이 깨어진 것이다.

기회를 놓칠 류운이 아니다.

파바밧!

환영을 일으키며 휘의 눈을 속이고, 빠른 속도로 주먹을 휘둘러 온다.

쓰라린 옆구리를 붙들고 휘는 뒤로 물러서기 급급했다.

한 번 승기를 빼앗기자 속절없이 밀려난다.

팽팽한 싸움을 유지했기에 더 빠르게 무너지고 있었다.

骑在墨鲜 29章

精春歸鼇

29 章

쿠오오오!

놈은 화를 내고 있었다.

휘의 계속되는 자극에 마침내 화를 내며 반응한 것이다.

하지만 이는 결코 휘에게 유리한 결과를 낳지 않았다.

놈이 남아 있는 내공마저 먹어치우기 시작한 것이다.

덕분에.

퍼억!

콰드득!

"크윽!"

류운의 주먹이 정확하게 휘의 얼굴에 틀어박힌다.

그 충격에 날아간 휘의 몸이 수십 년은 되었을 나무들

수십 그루를 박살내고 나서야 멈춰 섰다.

간간히 얻어맞긴 했지만 이토록 정확하게 들어간 것은 이번이 처음이었다.

문제는 류운이 이대로 끝낼 생각이 없다는 것이었다.

콰콰콱!

그의 몸 주변에서 요동치는 기운!

오른 주먹이 순간 사람보다 커 보일 정도로 커진다 싶은 그 순간!

"파천일권!"

그의 성명절기.

파천일권이 터져 나왔다.

순식간에 사방의 모든 것을 빨아들이고, 박살내며 그 덩치를 불린 파천일권은 어마어마한 기세로 휘를 향해 날아들었고.

그에 휘는 미친 듯 몸을 날려 피하려 했지만.

쿠쿡, 쿡!

"젠장!"

놈의 힘을 이기지 못했다.

순식간에 빨려 들어간 휘는 그 어마어마한 압력과 이미 집어 삼킨 파편들 속에서 정신을 잃지 않기 위해 부단히 노력해야 했다.

퍼버벅! 퍽!

콰직!

온 몸을 때리는 것은 물론이고, 때론 나무가 몸에 부딪치며 박살이 난다.

튼튼한 몸이니 망정이지 그렇지 않았다면 빨려 들어온 순간 죽음을 생각해야 할지도 몰랐다.

'이익! 여긴 아니야! 여긴 내 마지막에 어울리는 장소가 아니란 말이다! 움직여! 움직여라! 움직이란 말이다!'

"크아아아!"

답답한 마음을 숨기지 못하고 괴성을 내지르는 휘.

그러는 사이 마침내 파천일권의 위력이 끝을 고하고.

콰쾅! 쾅-!

후두둑!

허공에 떠올랐던 것들이 떨어지며 꿍음을 울려댄다.

휘 역시 멀쩡하진 않았다.

곳곳에 상처를 입었으며, 입고 있던 옷은 기능을 거의 상실했다.

류운은 그 모습을 보고 눈썹을 꿈틀거린다.

'분명 끝났다고 생각했는데….'

자신의 생각과 달랐다.

분명 놈은 내공이 떨어졌고, 자신의 공격을 막아낼 힘이 없었다.

그럼에도 멀쩡했다.

그 말이 뜻하는 바는 하나.

'숨겨둔 것이 있는 모양이로군.'

스륵.

류운이 다시 움직이기 시작했다.

이번엔 진짜 끝장을 내기 위해서.

그런 놈을 보며 휘는 이를 갈았다.

대체 자신이 뭘 잘못해서 이런 꼴을 당해야 하는 것인지 분노가 머리끝까지 치솟아 오른다.

다시 태어난 이후 이렇게까지 열 받은 것은 이번이 처음이었다.

그것도 본인 스스로에게.

주륵.

그때 이마의 상처에서 떨어진 피가 흘러내렸다.

얼굴의 윤곽을 따라 흘러내리던 피는 어느 사이에 그의 입술을 스쳐 지나간다.

습관적으로 혀로 피를 닦아내는 그 순간이었다.

쿠오오오!

괴성을 내지르며 몸을 움츠리며 반항하던 놈이 기쁨의 춤을 추기 시작했다.

힘이 떨어졌던 몸 전체에 다시 활력이 불어 넣어지고.

텅 비워졌던 단전이 순식간에 차오른다.

마치 싸우기 전의 모습처럼.

그 말도 안 되는 몸의 변화 속에서.

휘는 입에서 느껴지는 비릿하면서도 짜릿한 그 맛에 중독되어 가고 있었다.

'이건…가? 그래서였나?'

그제야 깨달았다.

왜 놈이 움직이지 않았던 것인지.

그리고 왜 혈마공을 아무리 익혀도… 반쪽짜리 밖에 되지 않았던 것인지.

반쪽짜리 혈마공.

마음속에만 묻어두던 고민이었지만 이제야 알 것 같았다.

그리고 혈마의 뜻도.

피에서 태어난 무공은 피에서 완성되리라!

혈마공 마지막 문구가 다시 떠오르는 그 순간.

파앗!

휘의 신형이 날았다.

류운을 무시하고 휘는 빠르게 계곡을 향해 내달린다.

어느 사이에 계곡과 꽤 멀어져 있었지만, 휘의 움직임은 거침이 없었다.

"큭!"

갑작스런 상황에 당황하면서도 류운은 재빨리 휘를 뒤쫓았다.

하지만 거리가 줄어들긴 커녕 점점 멀어지기만 한다.

적어도 경공에 있어선 류운은 휘의 상대가 될 수 없었다.

'놓쳐선 안 된다! 놈이 살아있다면 큰 후환거리가 될 것이다!'

휘의 뒤를 필사적으로 쫓는 류운이 이상함을 느낀 것은 잠시 뒤였다.

휘가 향하는 곳은 계곡.

'왜 이곳으로?'

의문이 일어난다.

동시 계곡에서의 싸움이 어찌 되었는지 궁금해졌다.

놈과 치열하게 싸우느라 주변을 살피지 못했다.

덕분에 수하들의 싸움이 어떻게 굴러가는지 확인하지 못했다.

물론 승리를 믿어 의심치 않았다.

그만큼 지각의 정예들은 그의 자랑이었으니까.

그렇게 류운이 휘의 뒤를 쫓는 동안, 휘는 계곡에 도착했다.

이미 싸움은 끝났고 뒤를 정리하고 있던 암영들이 휘의 등장을 반겼지만, 휘는 재빨리 외쳤다.

"이곳을 비우고 벗어난다. 집결지는 삼호 지점!"

"명!"

명령이 떨어지기 무섭게 빠른 속도로 계곡을 벗어나는 암영들.

그 속엔 오영들이라 해서 예외란 없었다.

이곳에 오기 전에 정말 만약의 경우를 대비해 후퇴할 경우 집결할 곳을 세 곳을 만들었다. 그 중 마지막을 택한 것은 이곳에서 가장 멀기 때문이었다.

동시 오영이라 하더라도 이 명령을 받으면 즉시 움직이도록 약속되어 있었다.

모두가 빠져나가고 나자 휘는 주변을 둘러보았다.

이백에 달하는 시신들이 즐비한 모습.

그들 중간 중간 암영들의 시신도 누워있는 것이 휘의 눈에 보인다.

눈 꼬리가 떨리려는 것을 억지로 참아냈다.

자신을 따르며, 자신의 명령만 듣다가 세상을 떠난 암영들.

전생에서도 자신을 따르다 죽어간 그들이지만.

이번 생에선 그 느낌이 무척이나 달랐다.

'이게 다… 내가 부족해서다.'

으드득!

꽉 문 어금니.

비틀어진 입술 사이로 흘러내리는 붉은 선혈.

또 한 번 몸 안의 놈이 요동을 친다.

생각해보면 피를 조금이라도 마신 것은 이번이 처음이 아니었다.

헌데, 이제야 놈이 움직이기 시작했다는 것은 또 다른 조건이 있다는 것이지만 휘는 거기까지 생각하지 않았다.

아니, 의식적으로 생각하지 않으려 애썼다.

쿠웅―!

둔탁한 소리와 함께 류운이 모습을 드러낸다.

그의 얼굴은 굳을 대로 굳어 있었다.

온 사방에 널린 시신들이 자신의 수하들이라는 것을 깨달았기 때문이었다.

그때 한 사람의 시신이 눈에 띈다.

저벅저벅.

흔들리는 발걸음으로 옮겨간 그가 피 범벅인 땅에 무릎을 꿇으며, 한 사람을 품에 안는다.

"명아… 네가 이렇게 갔구나. 이 형의 못난 모습 때문에 네가 그렇게 가버렸구나."

류명이었다.

끝까지 수하들을 지휘하며 상황을 반전시켜 보려 했지만, 결국 실패하고 죽임을 당한 그였다.

"크흐, 크흐흐흐…!"

실성한 사람처럼 웃는 류운.

주륵, 주르륵.

어느 사이에 그의 눈에서 붉은 눈물이 흘러내린다.

붉은 피눈물은 얼굴선을 따라 흐르다, 턱에서 잠시 고였다가 바닥에 떨어져 내린다.

똑, 똑, 똑.

피가 고인 피들과 합쳐지고.

"크아아아아!"

콰쾅!

류운이 폭발했다.

어떻게든 잡았던 이성이 동생의 죽음으로 완전히 날아가 버린 것이다.

허나, 휘 역시 지금의 상황을 좋아하지 않았다.

목숨을 도외시하고 나올 놈의 전력이 얼마나 무서울 지 상상이 되질 않았던 까닭이다.

하지만 휘라고 해서 가만있진 않았다.

우웅, 웅,

우우우.

정신을 집중한 채 혈마공을 외웠다.

온 몸의 내공을 혈마공의 구결에 따라 움직이며 끊임없이 혈마공을 외운다.

머릿속에 혈마공 만이 남도록.

그리고 어느 순간.

츠츠, 츠츠츠.

휘의 몸 밖으로 흐르던 기운들이 소용돌이치기 시작했다.

처음엔 미약했지만 점차 그 힘이 강해지더니 주변의 피를. 사방에 고인 피들을 끌어당긴다.

마치 자석과도 같이.

촤르륵!

신비한 소리를 내며 모여든 피들은 곧 기의 흐름을 따라 허공으로 솟아오르더니 휘의 몸을 휘감으며 돈다.

마치 물줄기가 몸을 휘감는 것 같은 모습.

눈을 감은 채 그것조차 느끼지 못하는 휘는 점차 혈마공의 구결에 무아지경으로 빠져들었다.

그럴수록 피의 흐름은 빨라진다.

구구구!

미묘하게 흔들리는 땅.

그리고 흘러나오는 피들이 빠른 속도로 휘에게 집결하고.

그 순간 류운이 달려들었다.

"크아아아!"

괴성과 함께 권강이 빛나는 주먹을 휘둘러온다.

투확!

놀랍게도 그것을 막아선 것은 휘의 주변으로 몰려든 피였다.

마치 방패와 같은 모습을 한 피들이 순식간에 류운의 주먹을 막아내곤 다시 사방으로 흩어진다.

특이한 것은 그렇게 사용된 피는 검게 변한 채 휘의 몸을 따라 움직이는 핏줄기 속에 합류되지 않는다는 것이다.

"크오오오!"

퍼퍼벅!

쩌적! 쩍!

이어지는 무차별적인 주먹질!

뒤는 돌아보지 않겠다는 듯 모든 내공을 격발시킨 류운의 주먹은 그 하나하나가 강한 힘을 싣고 있었지만, 연신 피의 방패 앞에 무너져 내린다.

하지만 이성을 잃어버린 그는 그것조차 모르는 듯 연신 공격을 퍼 붙는다.

꾸륵꾸륵.

이와 달리 휘는 평온 그 자체였다.

주변에 몰려든 피의 양은 어마어마한 것이었다.

이백도 넘는 사람들의 몸에서 나온 피의 양이 얼마나 많겠는가, 류운의 공격을 막아내며 끊임없이 피가 소모되고 있었지만 그래도 피는 남아돌았다.

그런 피들 중에 깨끗하고, 깨끗한.

그야 말로 순혈들이 모이기 시작했다.

한 사람의 몸에서 겨우 엄지손톱 하나 정도의 양이나 나올까한 순형이지만, 그 숫자가 많다보니 순혈의 양도 결코 적지 않았다.

여기에서 다시 혈마공은 피를 걸어낸다.

철저히 고순도의 순혈만을 다시 고집했고.

그렇게 걸러진 피는 아주 소량이었다.

츠츠츠.

조용히.

아주 조용히 심장이 있는 가슴 부위를 통해 고순도의 순혈이 몸에 흡수된다.

두근!

두근, 두근!

폭발할 듯 세차게 뛰기 시작하는 심장!

그 아찔하면서도 강렬한 고통에 휘의 두 눈이 번쩍 뜨인다.

순간.

쩌저정!

눈앞에 다가온 류운의 주먹이 피 방패에 막혀 사라지는 모습을 확인 할 수 있었다.

"뭐야 이건?"

당혹스러운 순간이었다.

하지만 그것도 잠시.

"크윽! 아아악!"

심장을 붙들며 휘의 신형이 무너져 내린다.

감당 할 수 없는 뜨거운 열기가 심장에서 미친 듯 쏟아져 나오기 시작했다.

휘 조차도 감당 할 수 없는 열기가.

마치 그 순간을 기다렸다는 듯 놈이 심장을 향해 달려들었다.

화르르륵!

순식간에 타오르는 놈!

그 강렬한 고통 속에서 휘는 정신을 잃지 않기 위해 노력했다.

어떤 강렬한 고통 속에서도 정신을 유지해야만 대책을 세울 수 있었다.

지금의 경우엔 대책을 세우기 어려웠지만 그래도 정신을

차려야만 했다. 그렇지 않다면 놈에게 잡아 먹일 터였다.

본능적으로 느껴졌다.

이 싸움에서 져선 안 된다는 것을.

심지어 눈앞의 류운과의 싸움을 미루는 한이 있어도.

으드득!

이가 부러져라 힘을 준다.

두둑! 툭!

온 몸의 혈관이 일어설 정도로 힘이 들어갔다.

몸이 뻣뻣하게 굳지만 거기까지 신경 쓸 순 없었다.

어떻게든 놈을 굴복시키는 것이 먼저였으니까.

그러는 사이에도 류운의 공격은 계속되었지만 그때마다 붉은 피의 방패가 놈의 공격을 무위로 바꾼다.

"캬아아악!"

악에 받친 류운의 목소리에 쓸쓸하게 계곡에 퍼지고.

쿠르릉.

은은한 뇌성과 함께 하늘에 먹구름이 몰려들기 시작한다.

이윽고 비가 쏟아진다.

쏴아아–.

뜨거워진 몸을 식히라는 듯 장대비가 쏟아지지만 두 사람의 움직임은 변함이 없었다.

여전히 휘를 향해 주먹질을 하는 류운과 그 공격을 막아내는 피의 방패.

쏟아지는 비에도 섞이지 않은 채 휘의 몸을 휘감는 피.

마치 계속해서 이어질 것만 같은 모습이었다.

콰르르르!

귀에 생생하게 울리는 강렬한 소리!

기맥을 따라 흐르는 막대한 내공은 휘 조차도 깜짝 놀랄 정도로 거세고 막대한 것이었다.

감히 이런 힘이 존재할 것이라곤 상상조차 해본 적이 없었다.

이런 힘을 두고 왜 바보 같이 빙빙 돌았나 싶을 정도다.

하지만 이런 힘이 결코 좋은 것만은 아니었다.

손가락 하나 움직이기 어려울 정도로 온 정신을 집중하고서야 놈을 제어 할 수 있었다.

힘을 제어하는데 이렇게 힘이 든다면 이것은 쓸 수 없는 힘이었다.

혹은 감당 할 수 없는 힘이거나.

지금도 심장이 강하게 뛰고 온 몸이 뜨겁지만, 그런 것은 사소한 문제로 치부되어 버릴 정도였다.

기맥을 흐르는 이 강력한 놈을 제어하지 못하는 순간 펑! 하고 몸이 터져나가 버릴 테니까.

대체 왜 혈마가 한 시대를 풍미했고 오랜 시간이 흐른 지금에까지 그 이름이 울려 퍼지는 줄 알겠다.

인간이되 인간이지 않은 힘을 지녔기 때문이다.

어쨌거나 휘의 노력이 가생했던 탓인지 놈이 서서히 그 힘을 줄여가기 시작했다.

아니, 정확하겐 이젠 만족한다는 듯 다시 원래의 자리로 돌아가기 시작했는데 그 과정에서 막대한 흔적을 남기고 있었다.

남은 흔적을 흡수하여 자신의 것으로 만드는 것으로 휘는 정신이 없었다.

'이제… 됐다!'

그 모든 것이 끝나는 순간.

퍼퍼펑!

휘의 몸을 휘감고 있던 피들이 일제히 폭발하며 사방으로 비산하고.

거기에 휘말린 류운이 비명과도 같은 괴성과 함께 뒤로 물러선다.

"크아아아!"

"후…."

차분히 숨을 내어 쉬는 휘.

온 몸에서 느껴지는 힘이 어마어마하다.

놈을 해치운 것도 아니고 그저 남은 것을 흡수했을 뿐인데도 이전보다 능히 몇 배는 더 강한 힘을 쓸 수 있을 것 같았다.

그리고 왜 놈을 확실히 가질 수 없었던 지도 깨달을 수 있었다.

"피가 모자랐던 건가."

혈마공은 피로 성장한다.

이곳에 모여든 피는 분명 적은 양은 아니지만 놈을 만족시키기엔 너무나 부족한 양이었다.

그렇게 생각을 다 정리하기도 전에.

류운이 거칠게 주먹을 휘두르며 달려들었다.

파바밧!

빗물을 튕겨내며 달려든 그가 막대한 힘은 실렸지만, 그저 올곧은 주먹질을 한다.

그것을 본 휘는 하체에 힘을 단단히 주며 자세를 살짝 낮추었다.

그리곤 그의 주먹을 두 손을 겹쳐 받아낸다.

투확!

거칠게 몸을 스쳐지나가는 빗방울들.

우웅, 웅.

하지만 휘는 류운의 주먹을 받아내었다.

그것도 아주 안정적으로.

이전에는 피하기에 급급했었지만 이젠 아니었다.

얼마든지 그의 공격을 막아 낼 수 있었고, 하고자 한다면 반격도 충분히 할 수 있었다.

그것을 이 한 수로 완벽하게 알아낸 것이다.

일월신교에서도 손에 든다는 초고수인 파천권 류운이 이젠 장양휘 그에게 상대가 되지 않았다.

"이제 끝내자."

휘의 싸늘한 말과 함께 그의 목이 하늘로 날아오른다.

❖

　지각주의 사망이 알려지자 일월신교 전체가 술렁거렸다.

　파천권 류운이 누구인가.

　끊임없이 무공 수련에 힘을 쓰며 그 능력을 십분 발휘했던 초고수가 아닌가.

　그런 자가 다른 곳도 아닌 한 수 아래로 평가되는 중원의 무림인에게 당했다는 것은 일월신교 무인들이 쉽게 받아들일 수 없는 사태였다.

　뿐만 아니라 지각의 정예 고수들까지 죽어버리는 통에 지각이 단숨에 몰락의 길을 걷기 시작했다.

　일월신교의 핵심이자 축이라 할 수 있는 지각의 몰락에 신교의 무인들이 크게 당황했다.

　그렇다고 다른 각에서 지원을 하기도 그런 것이 자칫 지원이 아닌 지각을 흡수하기 위한 모습으로 보일 수도 있는 것이다.

　여기에 서로 간에 보이지 않는 견제까지 존재하니, 지각 스스로 할 수 있는 것이 없었다.

　머리 역할을 하며 수하들을 이끌어 주어야 할 자가 없으니 어쩌면 당연한 일일 수도 있었다.

　그렇게 지각에 속한 무인들조차 이제 가망이 없다고 느꼈을 그때.

　한 줄기 희망이 비쳤다.

"도련님을 뵙습니다!"

이제 몇 남지 않은 지각의 핵심 고수들이 일제히 한 사람을 향해 무릎을 꿇는다.

썰렁해진 회의실이지만 그들의 모습이 마음에 드는 듯 고개를 끄덕이며 장양운 그가 상석에 앉았다.

"이미 들어 알고 있겠지만 금일부로 지각을 이끌게 되었다. 이후 잘 부탁한다."

"존명!"

목이 터져라 외치는 그들.

일월신교의 둘째 공자 장양운이 지각의 새로운 주인으로 부임을 하게 되었다.

이는 교주의 뜻이 반영된 것으로 본인 스스로가 먼저 원했다고 알려져 있었다.

핵심 고수들도 거의 다 잃어버린 지각을 사실상 신교 최고위 서열에 위치한 그가 일부러 맡을 필요가 있냐에 대해 교 내에서도 의견이 분분하지만 지각의 무인들에게 있어 그는 희망의 빛이었다.

적어도 이대로 지각이 사라지진 않을 테니 말이다.

'지각을 완전히 내 수중에 손을 넣는 것을 시작으로, 나만의 탑을 쌓아야해. 오직 나를 위해 죽어 줄 사람들을 만들 필요가 있어.'

웃고 있지만 그 눈은 차가운 장양운.

그가 처음부터 지각을 맡으려던 것은 아니었다.

허나, 그의 제안으로 많은 생각을 했고 결국 지각을 맡게
되었다.

이유는 단 하나.

자신의 사람이 필요하기 때문이었다.

단순히 명령을 내려 움직이는 것이라면 지금의 위치로도
충분했지만, 진심으로 목숨을 걸고 움직여줄 인원은 거의
없다.

다시 말해 이 넓은 일월신교 안에 자신의 사람이 없다는
것이다.

그렇기에 장양운은 이번 기회에 지각을 자신의 것으로
완전히 만들 생각을 한 것이다.

지각에 대한 결정을 내리자마자 사부인 교주에게 보고를
했고, 단 하루 만에 모든 처리가 끝났다.

"지각은 다시 일어설 것이다. 당장은 힘들고 어렵겠지
만, 그대들의 성실함을 알고 있으니 반드시 일어서겠지. 난
그렇게 믿고 있다."

"그 믿음. 배신하지 않겠습니다!"

"좋아. 오늘부터 지각은 외부 활동을 일체 중단하고 내
실을 다지는 일에 집중한다. 당장의 이득보단 멀리보고 움
직여야 할 때다. 잊지 말도록."

"존명!"

그의 말이 떨어지기 무섭게 반대하려던 이들이 장양운의
이어지는 말에 순순히 고개를 숙였다.

멀리 봐야 한다는 말은 사실이었다.

그렇지 않아도 당장 지각의 전력으로 외부 활동까지 신경을 쓰기엔 어려운 일이 있으니, 차라리 모든 것을 포기하고 내실부터 다지는 것이 나을 수 있었다.

다만 그것을 생각만 하고 있는 것과, 장양운처럼 실제 명령을 내리는 것엔 큰 차이가 있었다.

이 명령 하나로 장양운은 스스로 지각을 이끌어 나갈 수 있는 역량이 있음을 알린 것이나 마찬가지였다.

❖

우웅- 웅.

저택으로 돌아오자마자 휘는 폐관실에 틀어박혔다.

이번에 얻은 힘을 완전히 자신의 것으로 만들고, 몸속에 똬리를 틀고 앉은 놈에 대해서도 좀 더 알아보려는 것이다.

놈이 남기고 간 흔적을 완전히 자신의 것으로 만들자 내공이 비약적으로 늘어났을 뿐만 아니라, 기맥이 더 튼튼해졌다.

거기에 혈마공의 수준까지 올랐으니 이는 휘에게 결코 나쁜 소식이 아니었다.

문제가 있다면 역시 놈이었다.

언제, 어떻게 반응 할지 모르는 폭탄을 몸 안에 넣고 다니는 셈이니 말이다.

폐관실 전체를 붉은 안개가 가득 차지한다.

그 중앙에 앉아 있는 휘.

우웅.

작은 떨림과 함께 휘의 몸을 중심으로 소용돌이가 치더니 순식간에 붉은 안개를 빨아들인다.

"지금은 이게 전부인가?"

쓰게 웃으며 일어서는 휘.

단순히 힘으로만 따지면 부족함이 없었다.

정작 문제가 되는 것은 아무리 놈을 움직이려 해봐도 별다른 반응이 없다는 것이었다.

일부러 입 안에 상처를 내며 피를 마셔봤지만 마찬가지.

혹시나 다른 사람의 피면될까 해서 백차강의 피를 얻어와 마셔봤지만 소용없었다.

그렇게 해서 휘가 세운 가설은 몇 개 있지만 그 중에서 가장 높은 확률을 가진 것은 전장에서 놈이 움직인다는 것이었다.

수많은 죽음과 피가 떠도는 전장.

혈마가 그러했듯 휘 역시 혈마공을 키우고 싶다면 전장터를 맴돌아야 할 듯 했다.

"당장 그럴 필요는 없겠지. 어차피 앞으로의 싸움이 치열할 테니까."

가만히 있기만 해도 전 무림에 흐를 피다.

그것을 두고 일부러 여기저기 찾으러 다닐 필요는 없어

보였다.

"지각이 무너진 상황에서 놈들이 어떻게 나올까?"

계획은 했었지만 정말 대어를 낚았다.

지각주를 죽이고, 지각의 정예들을 없앴다.

특히 지각의 총관인 류명을 없앤 것은 큰 소득이었다.

일월신교가 택 할 수 있는 방법은 몇 가지.

새로운 지각주를 임명하거나, 아예 해체하고 인원을 다른 각으로 나누는 것.

혹은 오각 체제를 유지는 하되 다른 각에서 지각을 지원하는 방안도 있었다.

그런 방법을 중에 휘가 가장 가능성 있게 본 것은 새로운 각주의 임명이었다.

그렇게 함으로서 비록 정예 무인은 잃었지만 지각을 구성하는 대다수의 무인들을 안정시킬 수 있고, 괜한 오각들끼리의 싸움도 막을 수 있다.

당장 지각이 큰 역할을 하긴 힘들어지겠지만 그것이면 충분했다.

"이제 남은 건 일월신교의 움직임인데… 자신들에 대한 소문이 퍼지는 것도 문제지만, 내게 지부가 박살나는 것도 문제일 테지. 특히 소문이 문제인데, 역시 소문은 소문으로 덮어버릴 생각일까?"

끼이익!

폐관실을 나서며 중얼거려 보지만 결론이 나질 않는다.

당연한 일이었다.

이젠 자신이 아는 미래와도 많이 달라졌다.

그런 상황에서 놈들이 어떻게 움직일 것인지 예측하는 것은 무척이나 어려운 일이었다.

어떻게든 더 조심히 하려고 할 테니까.

"그래도 간만에 좀 쉴 수 있겠군."

푸른 하늘과 따사로운 햇살을 받으며 휘가 미소 지었다. 급박하게 달려온 지난 시간 속에서 이제야 겨우 한숨을 돌릴 수 있을 것 같았다.

겨우 한 시진의 평화였지만 말이다.

지끈지끈.

보고 있는 것만으로도 머리가 아파온다.

이는 휘만 겪는 것이 아닌 듯 지도를 보고 있는 사람들 모두가 하나 같이 손을 머리에 두고 있었다.

"하필이면 이런 시기에…."

모두의 머리를 싸매게 만든 원인.

그것은 바로 밀교(密敎)의 준동이었다.

중원에선 밀교라 부르지만 서장에선 천룡사(天龍寺)로 불리는 그들의 준동은 휘의 기억 속에도 없는 사건이었다.

조용히 지내던 그들은 어느 날 서장 무림에 출두하여 순식간에 서장을 하나로 묶었다.

그 소식이 중원에 알려졌을 무렵에는 이젠 중원을 향해 그 칼을 갈고 있었는데, 대체 왜 천룡사가 움직인 것인지에 대해선 누구도 파악하지 못하고 있었다.

천룡사는 특별한 일이 없는 한 무림에 나서지 않고, 개인의 수련에만 집중한다.

그들이 무림에 마지막으로 등장 한 것이 무려 이백년 전의 일. 그것마저도 서장의 기록이었다.

일단 그들은 움직이면 천룡사라는 이름을 결코 쓰지 않는다.

대신 밀교라는 이름을 내세우는데, 결코 아무런 문제없이 나서지 않는 자들이었다.

흔히 서장 무림을 보고 이리 말한다.

천룡사가 있는 서장 무림과 밀교가 있는 서장 무림은 완전히 다른 존재다!

라고 말이다.

그만큼 밀교는 서장 무림에도 특별한 존재였고, 그들이 움직였다는 사실은 그냥 넘길 일이 아니었다.

더욱이 서장 무림을 통합했다는 것은 그 의도가 명확했다.

중원으로의 진출.

서장 무림이 중원 무림보다 한 수 아래로 평가 받는 것은 맞지만, 그들의 실력까지 무시할 수 있는 것은 아니었다.

전체적인 수준이 떨어진다는 것이지 어디에나 고수는 숨어 있는 법이니까.

그것이 밀교라면 더 할 나위 없고.

"왜 움직였는지 아직 알 수 없나?"

"그쪽과 연결 되어 있는 비선을 통하고는 있지만 근시일 안에 알아내는 것은 어려울 것 같아요. 게다가 밀교로 이름을 바꾼 천룡사 내부는 삼엄하기가 황성보다 더 할 정도라고 하니까… 쉬운 일은 아닐 거예요."

파세경의 대답에 휘는 고개를 끄덕이면서도 얼굴을 펴지 못했다.

'밀교가 왜 지금 움직였을까? 미래가 바뀌었기 때문인가?'

결국 자신이 미래를 바꾸었기에 밀교가 움직였다.

적어도 자신이 기억하는 한 밀교가 나타난 적은 없었으니까. 일월신교의 입장에서도 굳이 세외 세력을 건드릴 필요가 없었고 말이다.

어쨌거나 밀교의 준동에 무림이 한바탕 난리가 났다.

연이어 터지는 사건 사고에 정신을 차리기도 전에 제대로 한 방 얻어맞은 꼴이었다.

밀교가 움직여서 중원 무림에 피가 흐르지 않은 적은 단 한 번도 없다.

이번 역시 마찬가지일 것이라 생각하며 대책을 마련하기 위해 중원의 무림문파들이 움직이기 시작했으나, 이미 늦은 감이 있었다.

"무림의 대응은?"

휘의 물음에 모용혜가 한숨을 내쉬며 답했다.

"참담한 수준이죠. 그들이 이미 중원으로 향했을 텐데, 이제와 허둥지둥하며 제대로 된 의견도 나누지 못하고 있으니. 그동안 얼마나 무사안일에 빠져 살았는지 단적으로 보여주네요."

"정도맹은?"

"될 리가 없죠."

단호히 고개를 내젓는 그녀.

구파일방과 오대세가의 골은 깊어질 대로 깊어져 이제와 쉬이 회복될 수 있는 성질의 것이 아니었다.

큰 적을 앞둔 상황에서도 그것은 변하지 않았다.

"그래도 이번을 반면교사로 삼을 수는 있겠죠. 서장 무림에 철저히 농락을 당하고 나면 따로 놀아선 안 되겠다는 생각이 들긴 할 테니까요."

"그거야 그렇겠지."

"어쨌거나 이번 일에 있어선 저희가 움직일 필요는 없을 것 같아요. 얼마 전부터 하고 있는 일의 일환으로 여기면 될 뿐이죠."

모용혜의 설명에 모두들 고개를 끄덕이며 동의했다.

이번 일 역시 중원 무림이 면역성을 가지기 위한 하나의 방법으로 취급하면 어려운 일은 아니었다.

어차피 자신들이 움직일 것도 아니고 말이다.

밀교가 있다면 그들의 움직임 뒤에 일월신교가 있는 것도 아니다.

게다가 밀교가 많은 피해를 입혔다곤 하지만, 어디까지나 그들의 앞을 막아선 중원 문파가 많았기 때문이었다.

그들은 언제나 자신들의 일이 끝나고 나면 조용히 돌아갔었다.

휘들은 이번 일 역시 그럴 것이라 생각하며 회의를 마쳤다.

더 생각해봐야 머리만 아프기 때문이다.

무림이 의견을 제대로 모으지 못하고 있는 사이, 발등에 불이 제대로 떨어진 문파가 있었으니 바로 곤륜파였다.

서장을 오가는 길목에 있는데다 과거부터 서장과 천마신교가 중원에 들어가기 위해선 항상 그들을 거쳐야 했다.

그렇다보니 곤륜의 무공은 특징이 있었다.

오직 살아남기 위해 정파 임에도 불구하고 무공이 실전적이었고, 살상력이 높았다.

또한 다른 구파일방이 3대 제자까지만 운영하는 것에 비해 곤륜은 4대 제자를 구성 운영하고 있었다.

이는 항상 외세의 침입에 가장 처음 직면하는 문파로서 어떻게든 살아남기 위한 고육지책이었다.

게다가 상대해야 하는 문파가 힘이 없는 것도 아니다.

천마신교는 두 말 할 것도 없고, 서장 역시 중원에 쳐들어 올 때는 그 힘이 어마어마했다.

그런 과정에서도 곤륜의 맥이 이어지고 있다는 것은 어찌 보면 정말 대단한 일이었다.

"만약을 대비해 4대 제자 및 어린 제자들. 귀중품과 무공비급을 비밀분타와 비고로 옮기도록 하게. 저들의 움직임을 보아하니 그냥 지나가길 바라는 것은 어려울 듯하네."

"즉시 실행하겠습니다."

"제자들의 인솔 책임은 누가 지겠나?"

곤륜파의 장문인 곤륜쾌검(崑崙快劍) 허운 장문인의 말에 회의실에 앉은 장로들이 하나 같이 그의 눈을 피한다.

나이가 있는 장로들로선 이곳에서 곤륜의 운명과 함께하고 싶지, 형제들의 죽음을 뒤로 하고 제자들과 함께 목숨을 연명하고 싶진 않았다.

"허허, 그렇게들 내 눈만 피할 것이 아니네. 누군가는 이일을 해야만 하네. 그래야 본 파의 정신이 후대에 제대로 전달 될 수 있을 것이니."

"장문인. 차라리 1대 제자들 몇을 붙이는 것이 어떻습니까? 그들이라면 충분히 곤륜의 정신을 아이들에게 가르칠수 있을 것입니다."

"그거 좋은 방법입니다!"

"옳습니다."

여기저기서 동의하는 의견이 나왔으나 곤륜쾌검은 고개를 저어 반대했다.

"본 파의 미래의 기둥이라 할 수 있는 1대 제자는 이미 준비를 해놓았소이다. 그렇다 하더라도 장로 한 사람은 필요로 하오. 그들에게도 정신적인 지주가 필요하기 때문임을 이 자리에 있는 장로들이 모를 리 없지 않소이까."

그의 말에 다시 장로들이 눈을 돌리며 입을 다문다.

실력의 고하는 상관없었다.

적을 막아내든, 막아내지 못하든 곤륜산 이곳에서 자리를 지키고 싶을 뿐.

누군가가 해야 할 일임은 잘 알지만 그것이 자신이 될 필요는 없는 것이었다.

때론 죽는 것보다 사는 것이 더 어려울 때가 있다.

그것이 지금과 같은 상황이라 그들은 생각하고 있었다.

"후우… 아무도 없다면 내가 강제로 지명을 하겠소이다."

결국 장문인의 선언이 떨어졌다.

그제야 모두의 시선이 그에게 향하고.

곤륜쾌검의 시선이 한 사람에게 향한다.

유난이 장로들 틈에서 젊음을 유지하고 있는 한 사람.

"아이들의 책임은 허윤 장로. 그대가 맡아주게."

"…알겠습니다."

고개를 숙이는 허윤 장로.

하지만 그 얼굴이 일그러진 것이 이번 지명이 마음에 들지 않음을 노골적으로 드러낸다.

명령을 거부하지 않은 이유는 단 하나.

누군가는 해야 하는 일이기 때문이다.

설령 그것이 마음에 들지 않는다 하더라도.

허윤 장로가 받아들이자 다른 장로들의 얼굴에 웃음이 핀다.

"적절한 선택이십니다, 장문인!"

"허허, 그래도 저희 중에 제일 젊은 허윤이니 어린 제자들과 어울리며 잘 통솔 할 수 있을 겁니다."

"평소에도 어린 제자들에게 덕망이 높지 않습니까. 최고의 선택이십니다, 장문인."

모두가 흐뭇해하지만 정작 허윤 장로는 마음에 들지 않는 듯 연신 얼굴을 찡그리며 한숨만 내쉰다.

사실 장문인이 선택하겠다고 할 때부터 그는 자신이 될 줄 알고 있었다.

어쩌면 당연한 일이었다.

장로들 중에 가장 어릴 뿐만 아니라, 1대 제자들조차 자신보다 나이가 적은 사람을 찾기 어려울 정도였다.

사부님과의 인연이 늦은 탓에 벌어진 일이다.

대신 젊은 만큼 어린 제자들과 소통하며 불편한 일들을 개선해주고, 맡은 바 임무를 완벽하게 수행하며 장로의 직책에 어울리는 인재이기도 했다.

만약 이곳이 밀리게 되더라도 훗날 그를 앞세운 새로운 곤륜이 다시 태어나게 될 것이었다.

곤륜파는 곤륜산에서 시작을 했기에 곤륜파란 이름을 가지고 있을 뿐, 실제 곤륜산에서 생활을 한 것은 그리 많지 않았다.

워낙 외세의 침입이 거세다 보니 그때마다 건물이 전소되는 일이 빈번했다.

덕분에 곤륜파의 제자들은 건물에 목숨을 걸지 않는다.

전소가 되면 그때마다 괜찮은 곳으로 옮겨갈 뿐.

건물과 지리가 바뀌었다고 해서 자신들이 곤륜의 제자가 되지 않는 것은 아니지 않은가.

전대 곤륜파가 전소되고 새롭게 지은 자리가 곤륜산일 뿐이었다.

의미가 아주 없다고 말할 수는 없지만, 이곳에 얽매여 있지도 않는다.

여러 의미에서 여타의 문파들과 그 궤를 달리하는 것이 그들이었다.

그렇게 아이들을 책임질 장로가 정해지자 일의 진척속도는 더욱 빨라졌다.

장로들이 나서서 귀중품과 무공비급을 비고로 옮겼고, 그 위치는 오직 한 사람 허윤 장로에게만 전해졌다.

이로서 허윤 장로는 반드시 살아야 할 이유가 생겼다.

비고의 존재를 제자들에게 알려야 하니까.

그리고 4대 제자들과 아이들. 그들을 호위할 1, 2, 3대 제자들 뽑아낸 인원들이 준비되었고 허윤 장로의 인솔로 비밀지부를 향해 이동했다.

야밤을 틈타 은밀하게 이동을 시도한다.

물론 인원이 워낙 많다보니 표시가 나지 않을 수 없지만 최대한 몸을 낮춘다는 것이 중요했다.

곤륜을 떠나 속가제자들의 도움을 받으면 금세 흔적을

지울 수 있으니 말이다.

　속가제자들 역시 그냥 있지 않았다.

　확실한 후계를 둔 자들과 뒷걱정을 하지 않아도 되는 자들이 곤륜으로 모여 들었다.

　그들이 모인 이유는 단 하나.

　곤륜을 위해서였다.

　그러는 동안 마침내 밀교를 위시한 서장무림이 청해의 입구에 그 모습을 드러내었다.

　척척척!

　마치 군대처럼 발을 맞추어 걷는 모습이 인상적이지만, 동시 어마 무시한 위압감을 가져다준다.

　서장 무림의 여러 문파 무인들이 모였다는 사실을 믿을 수 없을 정도로 호흡이 척척 맞아 떨어진다.

　그런 서장 무인들의 대군이 물경 2만.

　2만에 달하는 무인들의 중심에 거대한 가마가 있었다.

　족히 사람 열은 넘게 탈 수 있을 것 같은 가마는 철저히 문이 닫힌 채 였는데, 놀라운 것은 말이 끄는 것이 아니라 사람이 들고 있다는 것이었다.

　그것도 밀교의 무승들이 직접.

　그러고 보니 가마를 중심으로 밀교의 무승들이 호위를 서고 있고, 그 밖으로 서장에서 알아주는 고수들이 서 있다.

　밖으로 나갈수록 실력이 밀려난다는 것은 다시 말해 가마 안의 인물이 그만큼 중요하다는 뜻이기도 했다.

덜컹.

가마의 문이 열리며 노승이 나온다.

문을 열었음에도 휘장으로 가려진 가마 안쪽은 전혀 보이질 않는다.

"쉬었다가 간다."

노승의 명령에 가마가 땅에 내려오고, 경계를 서는 인원을 제외하곤 전부에서 휴식이 명해졌다.

그것을 확인한 노승이 짧은 사이에 흐트러진 옷차림을 바로 잡고 가마 안으로 들어선다.

스륵.

문을 닫고 휘장을 조심스레 거두자 가마 안을 밝히는 등불 여러 개가 존재한다.

그리 밝지 않은 등불이지만 사방을 분간하기엔 부족함이 없었다.

화려하기 그지없는 가마.

이름도 들어보지 못한 재질로 만들어진 바닥은 푹신푹신하면서도 냄새가 나질 않는다.

뿐만 아니라 가마 내부를 장식하고 있는 것들 중에 최상급의 물품이 아닌 것이 없었다.

"명령은 내리셨나요?"

"예, 걱정하지 마소서. 니르바나시여."

무릎을 꿇으며 허리를 숙여 예를 취하는 노승의 앞에는

푹신한 양탄자 더미 위에 가부좌를 튼 채 앉은 소녀가 있었다.

채 여물지 않은 과일을 보는 것 같은 그녀.

만개하기 전의 꽃을 보는 것 같은 그녀의 아름다움에 취할 것 같지만 노승은 표정 변화하나 없었다.

그만큼 그가 쌓은 정신력이 강하다는 이야기.

니르바나라 불린 그녀의 곁으로 시중을 들기 위한 여인들 넷이 있었는데, 그녀들이 자연스럽게 니르바나에게 차를 올린다.

"그렇게 번번이 예를 취할 것은 없습니다. 그것은 제가 큰 부담이 되는 일입니다."

"아닙니다, 니르바나시여. 니르바나께선 이런 대접을 받으실 이유가 충분히 있습니다. 부디 이 늙은 소승의 삶의 의미를 빼앗지 말아주소서."

"…하아. 알겠어요. 나가보세요."

"예."

조용히 물러서는 노승을 보며 니르바나라 불린 그녀가 한숨을 내쉰다.

니르바나라는 이름에는 많은 뜻이 담겨있다.

하지만 밀교에서 니르바나가 뜻하는 것은 하나.

모든 것을 해탈하고 초월한 '신'이자 밀교를 이끌어갈 주인이다.

니르바나의 존재가 없다면 밀교도 존재할 필요가 없다.

과거 밀교가 움직였던 모든 과정에는 당대 니르바나가 있었다.

단지 그것을 중원에선 모를 뿐.

이번 일 역시 마찬가지였다.

당대 니르바나인 그녀가 원했기에 밀교가 일어섰다.

다른 이유는 없었다.

니르바나가 원하니까.

그것을 이루기 위해 움직이는 것이다.

'괜찮을까? 내가 생각했던 것보다 일이 커져버렸어.'

그녀는 속으로 크게 걱정을 하면서도 겉으로 표시하진 않았다.

자신을 시중드는 여인들에게 폐를 끼치지 않기 위해서였다.

자신의 단순한 표정 변화 하나에도 울고 웃는 여인들이다. 하나 같이 자신이 속한 문파에서 큰 대접을 받고 살았을 그녀들이 지금은 자신의 시비처럼 굴고 있었다.

평생 시비를 거느리지 못해본 그녀로선 참으로 어려운 일이 아닐 수 없었다.

밖으로 나온 노승을 맞이한 것은 젊은 무승이었다.

"사부님."

"무슨 일이냐?"

"곧 청해에 진입합니다. 그러고 나면 필시 곤륜과 충돌이 있을 것입니다."

"방향은 틀리지 않느냐?"

"중원인들의 행태를 봤을 때 저희가 일을 끝내고 돌아갈 때까지 가만있을 리 없습니다."

"하긴 그것도 그렇지."

턱을 쓰다듬는 노승.

인자해 보이는 노승이지만 그 정체는 천룡사, 아니 밀교의 주지로 서장 최강의 무인이기도한 전륜천왕(轉輪天王)이었다.

"걸리적 거리겠지?"

"그럴 것 같습니다."

제자의 확언에 그는 고개를 끄덕였다.

"반절을 데리고 가서 곤륜을 치거라. 도망가는 자들까지 죽일 필요는 없으나, 돌아가는 길에 방해가 되지 않을 정도로 치워 놓거라."

"명을 받듭니다!"

사부의 명령이 떨어지자 즉시 사내는 미리 준비라도 했던 듯 절반에 이르는 인원을 이끌고 곤륜산으로 향했다.

불자로서 살생은 가슴 아프지만 목적에 방해가 되고, 니르바나께 피해가 된다면 그 이전에 정리하는 것이 옳다고 믿는 그였다.

그 맹목적인 믿음이.

곤륜을 겁화로 밀어 넣는다.

骑归
在黑暗
30 章

精若歸還

30 章

　우락부락한 근육에 거대한 덩치를 가지고 위압적인 모습을 자랑하던 차돌은 더 이상 없었다.

　부족한 무공의 힘을 육체를 키움으로서 보충해보려고 했었던 것일 뿐. 이젠 그럴 필요가 없었다.

　완전한 천마신공이 손에 들어왔으니까.

　폐관에 가까운 수련을 하며 벽곡단만 먹었던 탓일까?

　그의 몸에서 근육은 사라지고 큰 키에 적당한 덩치의 균형 잡힌 몸으로 완벽하게 변신해 있었다.

　게다가 그의 얼굴에서 느껴지는 자신감은 분명 이전과 다른 모습을 보인다.

　"흡!"

콰드득!

기합과 함께 천마신공을 일으키자 그의 발끝에서 시작된 천마신공의 힘이 땅으로 침투하며 가뭄에 갈라진 논바닥마냥 땅을 쩍쩍 벌어지게 만든다.

쿠구구.

그 뒤 천마신공의 방향을 바꾸자 갈라진 땅들이 허공으로 떠오른다.

손 하나 움직이지 않고 오직 천마신공의 운용만으로 이런 신기에 가까운 능력을 발휘하고 있는 것이다.

본래부터 막대한 내공을 지니고 있던 차돌이었기에 제대로 된 천마신공을 익히자 그 재능에 날개를 달았다.

무공에 천재적인 머리는 빠른 속도로 천마신공을 자신의 것으로 만들었고, 그 육체는 천마신공을 발휘하는데 있어 조금의 부족함도 없었다.

덕분에 짧은 시간에 이전과 비교 할 수 없는 능력을 손에 쥘 수 있었다.

"핫!"

기합과 함께 허공에 떠오른 흙과 돌들이 불타오른다.

허공섭물에 이른 삼매진화.

두 가지를 동시에 사용한다는 것은 막대한 내공과 그것을 운용할 능력을 지니고 있어야 했다.

차돌은 그런 능력을 가진 것이고.

사방에서 불타오르는 모습을 보며 만족스러운 미소를

지은 차돌이 내공을 풀었다.

"나쁘지 않아. 이 정도면 충분하진 않겠지만 도움은 될 수 있겠어."

장양휘를 떠올리며 차돌은 고개를 끄덕였다.

솔직히 차돌의 입장에서 휘의 실력은 쉽게 가늠하기 어려웠다.

그나마 천마신공을 어느 정도 익히면서 휘와 비슷한 경지에 이르렀다고 속으로는 생각했지만, 한편으론 과연 그런 것인가라는 의문점도 있었다.

자신이 성장한 만큼 휘 역시 성장했을 것이기 때문이다.

"그 괴물 같은 놈이라면 분명 더 높은 곳에 올랐겠지. 그래도 언제까지 뒤지지 않는다 이거야! 내가 바로 천마신교 주란 말이다!"

하늘을 향해 소리치며 자신을 표한 차돌은 해가 중천에 이르렀음을 깨닫고 다급히 식당으로 달렸다.

천탑상회가 오가며 물품을 보급해주고 필요로 하는 것을 지원해주면서 많은 것이 바뀌었다.

좀 더 사람답게 살 수 있게 되었고, 훗날을 꿈꿀 수 있는 여건이 천마신교에도 마련이 된 것이다.

그것을 알기에 차돌의 수하들 역시 죽어라 수련을 하고 있었다.

그날 천마비고에서 가져온 비급은 천마신공만 있는 것이 아니었고, 각자 필요한 것을 적절하게 배분했다.

이미 성과를 보이는 자들도 있었고, 아직 성과가 미비하지만 훗날이 기대되는 자들도 많았다.

당장 천마신교의 과거 위세를 찾을 순 없겠지만, 천리길도 한 걸음 부터라고 하지 않는가.

언젠가 다시 천마신교의 위엄을 되찾을 것이다.

"내가 좀 늦은 모양이로군."

이미 식당 안엔 수련을 하다 말고 식사를 하기 위해 찾아온 수하들이 가득했다.

주군인 차돌이 들어왔음에도 익숙한 듯 눈인사만 건네고 식사를 계속한다. 이는 차돌이 일부러 명령을 한 것이었다.

밥 먹을 때마다 상급자들이 들어온 다면 얼마나 불편하겠는가.

그렇다고 식당을 분리하는 것은 효율적이지 못했다.

천탑상회에서 지원을 한다곤 하지만 아직 신교엔 사람이 많이 모자랐다.

그런 상황이다 보니 신분 고하를 가리지 않고 한데 모여 밥을 먹게 된 것이다.

아무래도 그편이 신교의 살림을 책임지는 사람들 입장에선 좀 더 편하기 때문이다.

싱싱한 채소와 고기들.

이전에는 쉽게 볼 수 없던 재료들로 만들어진 음식이 한가득이다.

접시에 한 가득 담아온 뒤 자리에 앉은 차돌에게 어느새 주방에서 나온 아영이 찻잔을 건넨다.

"고생하네."

"너야 말로 수고가 많지. 오늘도 맛있다!"

"먹지도 않고 무슨."

그녀의 핀잔에 차돌은 재빨리 젓가락을 놀리고선 재차 맛있다고 칭찬을 한다.

그 바보 같은 모습에 아영은 웃으며 입에 뭇은 양념을 손수건을 꺼내 닦아주었다.

벌어지는 입을 억지로 다무는 차돌.

아무리 그녀 앞에서 바보가 되는 자신이라 해도 보는 얼굴이 많은 이곳에서 헤프게 보일 순 없었다.

물론 자신의 생각일 뿐이고.

수하들의 눈엔 그녀의 손짓, 눈짓 하나에 기분이 오가는 주군을 보는 일에 아주 익숙해져 있었다.

그저 이젠 익숙해지다 보니 모르는 척할 뿐.

아구아구!

한참 식사를 하던 도중 생각이 났다는 듯 자신이 먹는 것을 보고 있는 아영에게 차돌이 말했다.

"망하눈경 잊…."

"다 먹고 말해."

꿀꺽.

그녀의 말이 떨어지기 무섭게 입 안에 있는 것은 단숨에 집어 삼키곤 목이 막혀, 물을 여러 잔 들이 킨 뒤 차돌이

쑥스러운 얼굴로 말했다.

"말하는 걸 잊었는데 곧 중원으로 나가볼 생각이야."

"중원엘?"

"도움 받은 것도 있는데, 이제 슬슬 도움을 줘야지. 어느 정도 자신감도 붙었고."

"오빠한테 가려는 거구나."

눈을 반짝이는 그녀를 보며 차돌은 고개를 끄덕였다.

"나도 잘보일 필요가 있으니까."

"응?"

"아냐, 아무것도."

혼잣말을 하듯 작게 말했지만, 그녀는 듣지 못했다.

문제는 주변에 있던 수하들은 다 들었다는 것이지만.

'주군.'

'연예가 쉽지 않습니다, 주군.'

'결혼은 지옥입….'

갖은 생각이 떠돌지만 그것을 입밖으로 꺼내는 자들은 없었다.

삼삼오오 일어서는 가운데 차돌 역시 자리에서 일어섰다.

"괜찮다면 같이 가겠어?"

그 물음에 그녀는 주저주저 하다가 고개를 저었다.

"마음은 그런데, 혹시 또 오빠한테 폐를 끼칠 것 같아서 사양할래. 대신 오빠한테 놀러오라고 전해줘."

"흠. 알았어."

그녀의 대답에 아쉬워하며 차돌은 고개를 끄덕였다.

사실 기왕 가는 것 그녀와 구경도 하면서 천천히 갈 생각
이었다.

헌데, 저리 완강하게 구니 그럴 필요가 없어졌다.

그냥 빠르게 휘가 있는 곳으로 갈 수밖에.

"생각대로 되는 일이 없네, 없어."

한숨을 내쉬며 수련장으로 떠난다.

주방에 숨었던 아영이 고개만 내밀고 그런 차돌의 뒷모
습을 보면서 웃었다.

❖

"녀석이 온다고?"

차돌의 방문 소식에 휘는 놀라운 듯 파세경을 보았다.

천탑상회를 통해 전달된 내용이라 틀린 것은 없을 테지
만, 설마하니 벌써 천마신공을 소화했을 줄은 몰랐다.

오래 격진 않았지만 녀석의 성격상 어지간하게 준비하지
않고선 밖으로 나오지 않을 것이 분명했다.

즉, 자신에게 온다는 것은 그 준비가 끝났다는 것이다.

"천마를 비롯해 몇몇 수하 분들과 함께 오신다고 하네
요."

"생각보다 빠르네. 좀 더 걸릴 줄 알았더니."

천마신공을 건네며 휘가 예상한 것은 일월신교가 무림에 모습을 드러내고 싸움이 한창일 때였다.

그때 천마신교가 모습을 드러내며 일월신교의 뒤통수를 때리는 것.

그것이 휘가 생각했던 것이었다.

헌데 그런 계획을 뒤틀 정도로 차돌의 적응이 빨랐다.

아무리 반쪽짜리 천마신공을 익히고 있었다지만, 진짜는 그것과 비교 할 수 없는 것이 당연지사.

그럼에도 녀석은 적응하다 못해 철저한 준비를 마치고 나오는 것이다.

"쉽게 볼 수 없는 놈 같으니라고."

자신의 여동생에게 빠져 있으니 망정이지 그렇지 않았다면 대체 녀석을 어떻게 끌어들여야 할 지 고민했어야 할 터다.

천마신공 하나면 물론 충분하겠지만, 자발적인 움직임과는 분명 차이가 있으니 말이다.

"그건 알아서 올 테니 내버려두고. 밀교쪽의 일은?"

"아직 알아낸 것이 없어요. 다만… 당대 니르바나가 나타난 것은 확실한 것 같아요."

"니르바나?"

처음 듣는 명칭에 휘가 궁금증을 드러내자 파세경이 곧바로 설명했다.

"여러 가지 의미가 있긴 한데… 밀교에서 뜻하는 니르바

나는 신이에요. 자신들을 이끌어주는 신. 밀교의 존재 자체
가 니르바나를 위해서라고 말할 정도니 이번 일 역시 니르
바나가 관여되어 있을 수도 있어요."

"니르바나라… 복잡해지겠군."

"아무래도요. 니르바나의 의중을 읽어내지 못하는 이상
은 저들의 움직임을 쉽게 파악할 수 없을 거예요."

"지켜보는 수밖에 없는 건가."

"당장은요."

파세경의 말에 휘는 고개를 저으며 자신의 차례를 기다
리고 있는 모용혜에게 시선을 주었고, 그와 함께 정상적인
회의가 시작되었다.

복잡한 것은 없었다.

현 무림의 동향과 정도맹의 움직임 정도가 전부였다.

벌써 청해에 발을 들였음에도 불구하고 정도맹의 설입은
지지부진 하고 있었다.

구파일방은 곤륜을 예로 들며 서둘러 결정하려 했지만,
오대세가에서 협조적이지 않았다.

어쩌면 당연한 일일 수도 있었다.

그동안 벌어진 사이는 쉽게 메울 수 있는 것이 아니니까.

그나마 유일하게 구파일방의 제의를 받아들인 것은 모용
세가지만, 모용 혼자의 힘으론 할 수 있는 게 없었다.

오히려 이로 인해 다른 세가와 척을 질 수도 있는 일.

허나, 모용세가의 가주인 모용강원은 신경도 쓰지 않았다.

오히려 무림의 질서를 잡아야 할 세가들이 나서지 않는 것에 질타를 할 정도였다.

이 정도로 그들이 움직일 것이라 생각진 않지만 스스로 행동을 함으로서 여럿 문파들의 좋은 움직임을 끌어내고 있었다.

"구파일방 쪽에서 다급하니, 결국 조건을 내걸더라도 오대세가를 끌어들이게 될 거예요. 종남이 무너진 상태에서 곤륜까지 무너진다면… 구파일방이란 이름 자체가 크게 흔들릴 테니까요."

그녀의 예측은 정확했다.

정확하게 열흘 뒤 정도맹이 결성되었는데, 구파일방은 오대세가의 영역을 확실히 인정할 뿐만 아니라 그동안의 잘못들 몇 가지를 인정함으로서 그들의 참여를 이끌어 냈다.

물론 그것이 상처를 봉합하는데 완벽하진 않다.

그래도 시작이 중요했다.

구파일방과 오대세가의 동의로 정도맹이 발의되었으니 중소방파들의 참여가 줄을 이었다.

그만큼 애타게 기다리는 소식이었던 것이다.

무림 전체가 정도맹의 결성으로 인해 들썩거리고 있을 때, 정작 그 원인이 되었던 곤륜산은 조용하기만 했다.

산 밑을 포위하고 나선 일만에 이르는 서장 무인들을 신경 쓰지 않겠다는 듯 평소와 다름없이 행동하는 자들.

대청소라도 하는 듯 맡은 구역을 깨끗하게 정리하는 그들의 모습은 오히려 공격을 준비하고 있는 서장 무인들을 당혹케 하지만 그것도 잠시였다.

"최대한 빨리 이곳을 정리하고 합류한다. 우리에게 주어진 시간은 그리 많지 않다."

전륜천왕의 제자이자 밀검(密劍)이라 불리는 사내의 발언에 그들의 분위기가 달라졌다.

"간다."

타닷! 탁!

밀검을 선두로 하여 밀교의 무승들이 뒤를 따르고, 그 뒤를 서장 무림인들이 따른다.

단숨에 곤륜산을 오르는 그들.

그 모습을 보고 있던 곤륜파 장문인 곤륜쾌검 허운은 기다렸다는 듯 자신의 애검을 뽑아 들었다.

"시작해 보세나."

그것을 시작으로 곤륜파에 남은 무인들이 각자의 무기를 뽑아 들었고, 인생 최후의 싸움을 준비했다.

와아아아─!

함성을 내지르며 단숨에 곤륜파의 담장을 넘어오는 그들을 향해 곤륜 무인들이 달려들었다.

곤륜산이 피로 물들어간다.

✤

밀교의 등장에 곤혹스러워하는 것은 중원 무림뿐만이 아니었다.

아니, 누구보다 곤혹스러워하는 것이 바로 일월신교였다.

오랜 세월에 걸쳐 준비를 했던 대계를 방해하는 놈들을 아직도 처리하지 못하고 있는 것도 문제다.

분명 문제인데, 밀교의 등장 만큼은 아니었다.

밀교의 등장은 짜놓은 판을 전부 엎어야 할 만큼 큰일이었다.

덕분에 오각의 각주들이 한 자리에 모였다.

막 각주의 자리에 오른 장양운을 비롯한 다섯 사람이 한 자리에 모이자 넓은 회의실이 좁게만 느껴진다.

은연중 기운을 흘리며 치고 들어오는 견제가 아주 날카로웠고, 그것은 장양운이라 해서 다를 것이 없었다.

장양운이 교주의 둘 밖에 없는 제자임은 분명하지만 이 자리에는 어디까지나 지각주 입장으로 온 것이기 때문이다.

그 역시 그것을 알고 있기에 툭툭 날아드는 기운에도 반응하지 않고 침묵을 지켰다.

당장 지각은 나설 힘이 없다.

그렇다면 침묵을 유지하는 것만이 지각이 살아남을 길이었다.

하지만 끝내 말 한마디 없이 연신 견제를 하는 기파만 날아들자 장양운은 웃으며 일어섰다.

"아무래도 제가 있을 자리가 아닌 것 같습니다. 어차피 본각은 외부 행동을 자제하기로 했으니, 나중에 통보만 해 주시길."

저벅저벅.

할 말만 하고 밖으로 나가버리는 그의 모습에 각주들이 침묵을 고수한다.

그러다 입을 연 것이 태각주였다.

"본각 역시 피해가 작지 않은 관계로."

태각주까지 밖으로 나가버리자 남은 것은 세 사람.

일각주, 월각주, 천각주였다.

회의실의 침묵을 깬 것은 천각주였다.

"당분간 모든 계획을 중단하고 지켜보는 것이 좋을 듯하다. 대계는 이어져야 하지만 때론 몸을 사릴 줄도 알아야 한다."

"동의하지."

"나 역시."

"그럼 대계는 이 시간부로 중단한다. 시기는 밀교 놈들이 중원을 벗어날 때까지."

저벅저벅.

그 말을 끝으로 세 사람이 각기 다른 방향에 난 문으로 향한다. 같은 문을 사용 할 순 없다는 듯.

그렇게 일월신교의 모든 대외활동이 정지되었다.

이는 대계를 계획한 이후 처음 있는 일이었다.

暗影名刀 31章

31 章

　니르바나는 어느 순간이 되면 자신을 호위하고 있는 이들의 다수가 사라졌다가 돌아오는 것을 깨달았다.

　그때마다 그들에게서 진한 혈향이 느껴진다는 것도.

　이것이 무엇을 의미하는지 그녀는 잘 알고 있었다.

　싫고. 또 싫어서 도망쳤으니까.

　그렇게 도망쳤는데 결국 제자리였다.

　다른 사람들의 눈엔 어떻게 보일지 모르지만 그녀의 입장에서 보자면 제자리였다.

　피를 보는 자리니까.

　가족이 죽었고, 옆집 부부가 죽었으며, 뒷집 아저씨가 죽었다.

아는 모든 이들이 죽었다.

어렵사리 살아난 뒤로 그녀는 피에는 누구보다 강하게 반응을 했다.

그럴 수밖에 없었다.

너무나도 많은 피를 보았으니까.

마치 그녀를 따르는 것처럼 그녀가 가는 곳마다 피가 흐르지 않는 곳이 없었다.

그렇게 흘러흘러 전륜천왕의 눈에 띄었다.

그리고 그날 니르바나라는 새로운 이름과 함께 높은 지위를 받았다.

도저히 상상도 할 수 없었던 지위를.

'처음엔 마냥 좋았었는데, 그게 실수였구나.'

이제와 후회해 보지만 소용없었다.

아니, 하다못해 고향에 가보고 싶다고 하지만 않았어도 괜찮았을 것이다.

니르바나라는 존재에 그들이 얼마나 목을 메는 지 몰랐기에 했었던 말.

이젠 되돌릴 수도 없었다.

사람이 죽었다는 것은 어딘가에서 원한이 생겼다는 뜻.

그것을 이젠 자신이 책임져야 했다.

자신의 경솔한 발언 때문에 벌어진 일이고, 자신 때문에 저들이 나선 것이니까.

하지만 알면서도 그것을 감당하기엔.

그녀는 너무 여렸다.

어깨를 짓누르는 무거운 짐을 쉬이 감당 할 수 없을 정도로.

"니르바나시여. 어깨의 짐을 드소서. 모든 것은 이 늙은이가 짊어지겠습니다. 니르바나께선 그저 하고 싶은 것만 말씀하소서. 그것은 이 늙은이가 아니더라도 모두가 들어줄 것입니다."

부담을 덜어주려는 것인지, 부담을 주려는 것인지 알 수 없는 전륜천왕의 말에 그녀는 힘없이 고개를 끄덕이곤 손을 저었다.

그 행동에 전륜천왕은 즉시 가마를 벗어난다.

"좀 씻고 싶어."

"준비하겠습니다."

그녀의 말에 즉시 네 명의 시비가 움직인다.

가마가 멈추고 어디서 가져온 것인지 넓은 나무욕조가 물이 가득 채워진 채 들어온다.

무공을 익힌 그녀들이라 어렵지 않게 그 무거운 것을 두 사람이서 균형을 잡으며 들여온다.

그 뒤 한 사람이 조심스레 물에 손을 넣어 내공으로 물을 끓이기 시작했다.

부글부글.

촤아악!

찬물을 부어 온도를 맞추자 그녀들이 한쪽에 시립한다.

"준비가 끝났습니다."

신기한 광경이지만 이젠 익숙해진 모습에 니르바나는 조심스레 일어나 옷을 벗고 욕조 안으로 들어선다.

헐벗은 그녀의 몸엔 상처가 가득하다.

멀쩡한 곳을 찾아 볼 수 없을 정도로.

가녀린 몸으로 대체 어떻게 이 고통을 참아왔는지 알 수 없을 만큼 그녀의 몸엔 상처가 깊고, 많았다.

촤악.

시비들이 조심스레 그녀의 피부를 달래고, 향유를 비롯한 각종 용품을 꺼내든다.

그러는 사이 니르바나는 따뜻한 물의 기운에 몸을 맡겼다.

물의 편안함이 그녀를 어루만진다.

❖

곤륜이 무너졌다.

그 소식은 빠르게 중원에 전달되었다.

곤륜을 지원하기 위해 정도맹에 모였던 무인들의 어깨가 무거워진다.

제 아무리 밀교라 하더라도 곤륜의 능력이면 충분히 붙들고 있을 수 있을 것이라 생각했는데.

겨우 삼일이었다.

삼일 만에 곤륜이 함락되고 전각들이 불타올랐다.

이제 남은 흔적이라곤 주춧돌들 뿐이다.

곤륜의 소식에 정도맹 역시 비난을 피할 순 없었다.

밥그릇 싸움으로 인해 정도맹의 결성이 늦어졌다는 것은 누구나 아는 것이기 때문이다.

다만 정도맹의 힘이 워낙에 대단한지라 누구하나 제대로 나서서 말을 못할 뿐.

모용세가 역시 침묵을 지켰다.

세가주가 나서서 이번 사태에 대해 이야기 하려 했으나, 이번만큼은 모두가 나서서 말렸기 때문이었다.

정의를 바로 잡는 것은 좋지만.

그것 때문에 뭇매를 맞을 필욘 없었다.

하지만 이제 시작이었다.

밀교가 향하는 목표가 어디인지 모르는 이상 결국 이 자리에 모인 인물들은 놈들과 부딪쳐야 했다.

곤륜이 무너진 이상.

놈들을 고이 돌려 보낼 순 없었다.

그것이 구파일방의 의지였고, 오대세가의 생각이었다.

이번만큼은 생각을 같이 했다.

당연했다.

구파일방이 무너지는 일은 좋지만 덕분에 오대세가의 위치까지 흔들리고 있었으니까.

그렇게 정도맹이 바쁘게 움직이는 사이 휘들은 조용한 휴식을 취했다.

특히 좋은 소식은 천부경을 외우며 금제에서 벗어난 인원이 대량으로 늘어났다는 것이다.

그 외에도 아직 벗어나지 못한 이들도 어눌하지만 자신의 뜻대로 조금씩 움직이기 시작했다.

암영 모두가 금제를 벗어나는 날이 얼마 남지 않은 그때.

저택에 방문객이 들었다.

"오랜만이야."

"그래."

"와, 오랜만에 봤는데 좀 좋은 척 좀 해주지?"

차돌이 웃으며 말하지만 휘는 말이 없었다.

그저 조용한 시선으로 그를 바라볼 뿐.

"흠흠! 그렇게 볼 거 없잖아. 도움을 주려고 왔는데, 기껏 온 사람들을 무시해도 돼?"

"가라. 필요 없다."

"……."

단호한 휘의 말에 차돌이 입을 다문다.

그리고 속으로 셋을 세기도 전에 입을 열었다.

"천마신공이 제법 경지에 올랐어. 네가 아니었다면 결코 진정한 천마신공의 힘을 견식 할 수 없었겠지."

자연스럽게 말을 돌리는 차돌을 보며 휘는 피식 웃었다. 이것도 능력이라면 능력일 터였다.

"당분간은 휴식을 취할 생각이다. 네가 도울 일은 없어."

"그래? 쩝…."

나름 생각을 해서 왔다고 생각했는데 기회가 좋지 않았다. 사실 차돌의 목적은 몇 가지 있었다.

휘에게 받은 은혜를 어느 정도 갚을 생각도 있지만, 천마신공을 실전에서 써먹어 보고 싶었던 것이다.

아무래도 비무와 실전은 다르기 때문에 실전을 겪을 수 있는 곳으로 왔는데, 당분간 움직일 일이 없다고 하니 아쉬울 수밖에 없다.

여기에 추가로 함께 움직이는 동안 휘와 좀 더 친해지길 바랐고.

훗날을 위해서라도 말이다.

이런 차돌의 생각이 휘에겐 훤하게 보였다.

'나쁘 않지.'

동생의 남편감으로 차돌은 나쁘지 않았다.

아니, 나쁘지 않은 정도가 아니라 차고 넘쳤다.

"일단 너도 좀 쉬어라. 그동안 수련에 매진하느라 알게 모르게 몸이 지쳤을 테니까. 우선 무림이 조용해지면 다시 움직일 생각이다."

"응? 무림이 시끄러워? 왜?"

이곳까지 오는 동안 차돌은 거의 산길로만 달려왔기에 무림을 시끄럽게 만드는 밀교에 대한 소식을 듣지 못한 상태였다.

"밀교가 중원에 들어왔다. 이미 곤륜이 무너졌…."

"잠깐! 밀교? 지금 밀교라고 했어?"

"그래. 밀교."

얼굴을 구기는 차돌.

사실 밀교와 천마신교는 인연이 깊었다.

당연하지만 악연으로 말이다.

과거 놈들이 중원으로 가기 위해서 거쳐야 하는 관문이 두 개가 있는데, 하나는 천마신교고 하나는 곤륜이었다.

물론 매번 번번이 막아내긴 했지만 그 피해가 결코 작지 않았었다.

비록 자신이 겪은 일은 아니지만 전통적으로 좋지 못한 사이의 놈들이 중원에 들어왔다는 소식은 그를 들뜨게 만들기에 부족함이 없었다.

하지만.

"나서지마. 넌 될 수 있으면 내 비장의 무기가 되어야 하니까."

"…칫! 말이나 들어보자."

"곧 일월신교가 밖으로 나올 거다. 지금 강제로 끌어내기 위한 작업이 한 참이니까. 놈들이 나오고 중원을 상대하기 시작했을 때. 너와 천마신교가 놈들의 뒤통수를 치는 거지."

"흠… 나쁘진 않네. 확실히. 구미가 당겨."

휘의 말에 차돌은 흥미를 느끼며 고개를 끄덕인다.

"원래 계획은 그랬는데, 생각보다 네가 빨리 나와서 나도 생각을 좀 정리해야 할 것 같아."

"내 뛰어남이 네 머리를 뛰어넘었구나. 으하하하!"

고개를 젖히며 웃는 녀석을 보며 피식 웃은 휘가 말을 이었다.

"그래, 너의 그 뛰어남이 내 계획을 바꾸게 만들었으니까 이제 가서 쉬어라. 난 니르바나에 대해서 좀 더 알아보려고…."

"지금 뭐라고 했어?"

우웅.

순간 방을 휘어잡는 강렬한 마기.

눈 깜짝할 사이에 다시 차돌의 몸에 돌아가긴 했지만 그의 얼굴은 펴질 줄 모른다.

그 하나를 보고 휘는 차돌의 실력이 이전과 비교 할 수 없음을 깨달았다.

'내가 혈마공을 익히기 전과 비슷한… 아니 좀 더 나은 수준이려나? 괴물은 따로 있었군.'

"니르바나. 저쪽에 니르바나가 태어났다고 하더군."

"쯧!"

강하게 혀를 찬 차돌이 자리에서 일어서며 말했다.

"아무래도 약속 못 지키겠다. 밀교 놈들에게 니르바나가 있다면 반드시 막아야 하거든."

"왜? 니르바나에 대해 알고 있어?"

"전 무림에서 밀교에 대해 우리보다 잘 알고 있는 곳은 거의 없을 거야.

흐 말에 휘는 든든한 얼굴로 그를 툭 때리곤 차돌이 안내하는 곳으로 몸을 날렸다.

"니르바나는 밀교의 상징이야. 밀교의 존재 자체가 니르바나를 위해 만들어진 것이나 마찬가지니까."

"그건 나도 들었다. 그런데 다른 것이 있는 모양이지?"

"니르바나의 최후가 어떤지 알아?"

"최후?"

막연히 생각해보지만 쉽기 않았다.

이젠 제법 무림인 티가 난다고 하지만 무림에 대해 아는 것보다 모르는 것이 많은 휘였다.

니르바나에 대해선 무림인 대다수가 모르고 있겠지만.

"니르바나는 재물이다. 산 재물."

"재…물?"

"니르바나를 귀하게 여기며 니르바나의 소원이라면 어지간한 것은 다 들어준다. 그리고 때가 되면 재물로 삼는 거지. 액땜을 한다는 미명아래."

"…무슨 액땜을?"

"모르지. 무병장수를 기원하는 것인지 어쩐지. 이대로라면 그 니르바나는 죽을 거다."

"흠…."

그의 말에도 휘는 자리에서 움직이지 않았다.

니르바나가 재물로 받쳐지는 것은 결코 좋은 일은 아니었다. 하지만 그 하나 때문에 앞을 막아서자니 결코 좋은 일이 아니었다.

제 아무리 암영들이라 하더라도 흔적은 있는 법.

흔적이 많으면 많을수록 드러나기 쉽다.

그렇기에 휘들은 드러내지 않기로 했다. 당연한 일이었
다.

드러냈다가 어떤 꼴을 당할 지 전혀 알 수가 없었으니까.

"움직이지 않는다. 그 한사람보다 난 우리 애들이 중요
해."

"그건 나도 마찬가지야. 모래 속에서 조용히 올라오는
전갈과 지네의 습격은 이제 잊지 못할 정도야."

휘의 말에 차돌은 고개를 끄덕이며 말을 이었다.

"하지만 이번엔 경우가 달라. 내가 기억하는 것이 맞다
면 이번 니르바나가 마지막일 거다."

"마지막?"

"니르바나는 재물이자 놈들의 금제를 푸는 열쇠다. 이번
니르바다가 열 번째라면. 금제가 풀리는 동시 놈들의 행선
지는 이곳 중원이게 될 거야."

휘의 얼굴이 일그러진다.

니르바나에 얽힌 결정적인 비밀.

그것은 밀교에 대한 금제였고, 그 금제를 푸는 열쇠가 바
로 니르바나였다.

막대한 힘을 가지고서 왜 중원으로 오지 않는 가 했더니
다 이유가 있는 법이었다.

"일월신교 놈들도 모자라서 밀교라… 머리 아프군."

진심으로 머리가 아파온다.

자신이 아는 미래와 너무 많은 것이 순식간에 바뀌고 있었다.

특히 밀교의 존재는 휘에게도 큰 폭탄과도 같았다.

놈들의 존재로 인해 일월신교가 움직임을 멈추게 될 것은 분명했다.

'어디로 튈지 모른다는 것이 이렇게 답답한 것이었나?'

미래를 알고 있다는 것에 의지해왔다는 사실에 입이 씁쓸해진다.

"머리가 더 복잡해지기 싫으면 놈들을 막는 게 좋을 거야. 니르바나는 자주 나오는 것이 아니니 이번에 막으면 꽤 오래 평안을 지킬 수 있겠지."

그 말을 듣고서 휘는 알았다.

자신이 쉴 팔자가 아니라는 것을 말이다.

어쩌면 자신이 쉬는 꼴을 보기 싫어서 하늘에서 이렇게 일거리를 던져주는 것일지도 몰랐다.

"가자. 가."

"잘 생각했어."

차돌이 웃으며 휘의 어깨를 두드린다.

파바밧!

파앗!

휘를 선두로 한 암영들의 움직임이 가볍기 그지없다.

어둠을 틈타 움직이는 암영은 마치 한 사람처럼 느껴진다. 이는 있을 수 없는 일이지만, 그 있을 수 없는 일을 있게 만드는 것.

그것이 암영이었다.

"검은 물결이네 완전."

휘와 함께 달리며 뒤를 돌아본 차돌은 감탄하지 않을 수 없었다.

한 치의 오차도 없이 일사분란하게 움직이는 암영들의 모습은 차돌조차 놀라게 만드는 부분이었다.

암영들의 움직임은 훗날 차돌이 천마신교에 이들과 비슷한 조직을 만드는데 그 영감을 주었다.

당장은 아닌 아주 먼 훗날의 이야기다.

현재 밀교가 향하고 있는 방향은 섬서의 기련산(祁連山)이 있는 곳으로 청해를 빠져나오는 동안 놈들이 멸문시킨 문파만 벌써 열을 넘어가고 있었다.

그중 가장 큰 문파가 곤륜이었다.

정도맹에 모인 무인들을 1차적으로 기련산으로 파견했다는 소문이 돌았지만 어쩔 수 없이 휘들도 기련산으로 향한다.

다른 정보다 없기에 어쩔 수 없는 일이었다.

"1차로 투입하는 인원들은 중소문파와 소속이 없는 무인들로 이루어져 있어요. 제대로 된 인원 구성이 되기 전에 저들의 앞을 막고 시간을 끌어보자는 생각이겠죠. 곤륜이 순식간에 무너졌던 것을 감안하면 그들은 오래 버티지 못할 거예요. 구심점이 없으니 더더욱. 휘님이 노리시는 건 바로 그때예요. 적당히 적들의 힘이 빠졌을 때. 그때가 최적의 기회가 될 거예요."

귓속을 맴도는 모용혜의 말.

피식 웃으며 휘가 움직임을 더 빨리 가져간다.

한시라도 빨리 기련산에 도착하기 위해.

슥슥-.

손으로 쓰다듬는 주춧돌.

돌 위로 튼튼하게 자리 잡고 있어야 할 나무는 없다.

온 통 무성한 잡초들만이 가득할 뿐.

스컥, 스컥.

산 중턱에 자리 잡은 드넓은 공터.

사람의 모습이 사라질 정도로 높이 올라온 잡초들.

그 잡초를 제거하고 있는 것은 밀교의 무승들이었다. 그들이 잡초를 빠른 속도로 제거한다.

그러자 하나 둘 모습을 드러내는 주춧돌들.

튼튼하고 큰 주춧돌들이 모습을 드러낼 때마다 이곳에 과거 화려한 전각들이 존재했음을 알려준다.

"여기가 안채. 저쪽은 회의실. 저쪽은….."

니르바나의 시선이 과거로 돌아간 듯 이곳저곳을 바라본
다.

누구에게도 보이지 않지만 그녀에겐 보였다.

이곳에 존재했던 전각들이.

어느 날 아주 간단하게 버려져야 했지만.

그렇게 하나 둘 보이던 전각의 모습이 빠르게 사라지고,
그녀의 눈앞에 보이는 것은 쓰러져가는 가문의 식구들이었
다.

정체를 알 수 없는 자들의 습격을 받고 속절없이 무너졌
다.

이곳 섬서 뿐만 아니라 무림에 그 이름을 떨치던 무림문
파 기련파가 말이다.

누가 놈들과 내통했는지 알 수 없지만 우물에 산독(散毒)
을 풀었고, 저녁을 먹은 기련파 무인들은 하나 같이 내공이
흩어지는 산독에 중독되었다.

그것을 깨닫는 순간 놈들이 쳐들어왔다.

순식간에 피를 흩날리며 다가서는 놈들을…

"꺄아아악!"

비명과 함께 쓰러지는 그녀를 재빨리 받아드는 시비들.

"가마로 모셔라. 좋지 않은 추억이 생각나신 모양이시
니."

"예."

전륜천왕의 명령에 그녀들이 소심스레 니르바나를 모시고 가마로 돌아가고, 그의 시선이 주변을 향한다.

"아직도 터가 남아있을 줄은 몰랐군. 이곳에서 니르바나의 흔적을 찾았을 때는 크게 흥분했었는데 말이야."

살기 어린 미소를 짓는 그.

과거 이곳 기련산을 습격한 것은 다른 누구도 아닌 밀교의 무인들이었다.

어느 날 우연히 들린 이곳에서 니르바나의 흔적을 찾았던 것이다. 그것도 마지막 니르바나를.

마지막 니르바나를 남겨두고 한 참을 고생했는데, 이젠 고생도 끝이었다.

오랜 금제를 벗어나 드디어 자유롭게 될 때가 왔다.

기련파가 무너진 것도 그녀가 고생을 한 것도 니르바나를 손에 넣기 위한 전륜천왕의 작업이었다.

그것을 모르는 한 그녀는 죽는 그날까지 자신의 뜻을 은연중에 따르게 될 것이었다.

"응?"

그때 그의 시선이 산 아래로 향한다.

와아아―!

정체를 숨길 생각도 없는 듯 곳곳에 내걸린 깃발과 함성.

이 모든 것이 자신들을 향한 것이었다.

"중원 놈들이로군."

차갑게 놈들을 바라보지만 끝내 움직이진 않았다.

저 정도 상대에게 자신이 움직일 필요는 없었다.

이미 놈들이 이렇게 나올 것이라 예상하기도 했고 말이다.

풀을 베고 니르바나를 호위하기 위한 숫자를 제외한 모든 무인들이 기련산에 숨어 숨죽이고 있었다.

그리고 전륜천왕의 신호가 떨어지자.

우와와!

두두두!

거대한 함성과 함께 그들이 적을 향해 달려들었다.

1만과 2만의 싸움.

처음부터 수적 우위도 우위이지만 그 실력에 비할 것이 아니었다.

서장 무인 모두가 강한 것은 아니지만 이 자리에 있는 것은 그래도 나름 고르고 고른 자들.

무작정 약한 자들이 아니었다.

"가라. 서장의 무서움을 보여줘라."

놈의 얼굴이 미소가 서린다.

"일방적이네."

"그러네."

차돌의 말에 휘가 고개를 끄덕인다.

싸움이 막 시작되려는 순간 도착한 이들이다. 우선 놈들의 실력을 보기 위해 숨었는데… 굳이 그럴 필요가 없어보였다.

저들로는 놈들의 실력을 제대로 끌어올리기 어려울 것 같았다.

어느 정도 상대가 되어야지, 저건 자살 그 이상도 이하도 아니었다.

"어떤 놈이 이끄는 건지 모르겠지만 자살이네. 자살이야. 쯧쯧."

차돌이 혀를 찬다.

그의 눈에도 무모하기만 했던 것이다.

숫자가 모자라면 실력이 좋아야 할 텐데, 그것도 아니었다.

서장 무림인들을 얕보며 달려들었을 것이 분명했다. 그러지 않고서야 이런 말도 안 되는 돌격이 있을 리도 없었고.

"어떻게 할 거야? 보고만 있어?"

그 물음에 휘는 쉽게 대답하지 못했다.

놈들을 중원에서 쫓아내야 하는 것은 사실이다.

그렇다고 저기에서 날뛰고 있는 정도맹 무인들을 도와줘야 할 필요는 없었다.

다만 걸리는 것이 있다면 저 만한 인원이 죽임을 당한다면 정도맹이 분해 될 수도 있단 사실이다.

결국 선택의 문제였다.

놈들을 살리느냐, 죽이느냐.

고민은 길지 않았다.

"투입해. 놈들의 틈에 섞여서 밀어낸다. 오영이 암영을 이끈다. 나와 차돌은… 저쪽을 친다."

-존명.

휘의 명령이 떨어지기 무섭게 전음이 들려오고.

조용히 인원을 나누어 조금씩 투입되는 것이 보인다. 백차강이 조절하는 것이다.

그것을 확인한 휘는 더 이상 확인하지 않고 차돌을 두고 천천히 기련파가 있던 자리로 향한다.

"어? 같이 가!"

멍하니 보고 있던 차돌이 재빨리 휘의 곁에 따라 붙는다.

산을 내려가자 금세 놈들이 눈치 채고 둘의 앞을 막아온다.

니르바나가 있는 곳이기 때문인지 이곳엔 밀교의 정예 무승들이 자리를 하고 있어, 하나 같이 대단한 기운을 뿜어내고 있었다.

보통의 무인이라면 접근하려는 시도조차 하지 않을 정도로.

"누구냐!"

스슥, 슥.

눈 깜짝 할 사이 두 사람을 포위하는 무승들.

"이거 대접이 융숭한데? 넌 이런 놈들 관심 없지?"

씩 웃으며 앞으로 나선 차돌의 물음에 휘는 알아서 하라는 듯 손을 휘저어 준다.

그에 차돌이 몸을 푼다.

우득, 우드득.

"피차 길게 말 할 필요는 없지? 그렇지?"

우우.

차돌의 몸을 따라 흘러나오기 시작하는 진득한 마기.

그에 즉각 반응하여 공격을 하려는 놈들을 향해.

차돌이 먼저 달려든다.

콰드득!

거침없이 달려들어 상대의 얼굴을 큰 손으로 단숨에 쥔 차돌은 있는 힘 것 머리를 땅에 처박았다!

콰앙!

굉음이 울리고, 놈의 신음이 터져 나오려 할 때 차돌의 신형은 어느새 다른 놈을 향해 달려간다.

마침내 천마신공을 실전에서 써먹어 보려는 것이다.

'아주 날뛰는 군. 저것도 나쁘진 않지.'

잠시 차돌을 보고 있던 휘의 시선이 반대편을 향하자 그 곳에 굳은 얼굴을 한 전륜천왕이 있었다.

"넌… 누구냐?"

굳은 목소리로 묻는 전륜천왕에게 휘의 입술이 비틀어진다.

"넌 자격이 있어. 이것도 오랜만인 것 같은데…."

"쯧."

"장양휘. 그게 내 이름이다."

"장양휘? 들어본 적이 없군."

스릉-.

얼굴을 찌푸리며 품에 손을 넣었다 빼는 전륜천왕.

그러자 양 손에 반원을 그리는 날카로운 쇳덩이가 들린다.

차차착!

챙!

뒤흔들자 마치 부채처럼 펼쳐지더니 커다란 원을 그리는 륜(輪)이 완성된다.

횡, 횡, 횡-!

양손에 끼운 륜이 서서히 돌아가기 시작한다.

날카로운 소리를 내며 회전을 시작하는 두 개의 륜.

지금의 그를 있게 해준.

전륜천왕이란 별호를 있게 해준, 태양륜(太陽輪)이었다.

밀교의 보물 중의 보물로 만년한철을 다듬고 또 다듬어 만든 어마어마한 무기다.

"네가 누구든 상관없다. 다만 이곳이 네 묏자리가 될 것이다!"

스팟!

휘휘횡!

빛과 함께 날아가는 그의 태양륜!

하늘을 날아간 륜이 좌우로 흔들리기 시작하더니, 순식간에 눈앞을 가득 채운다.

변화무쌍한 그 모습에 휘가 깜짝 놀라며 뒤로 물러서려 했지만 어느 사이에 뒤편에서 또 하나의 태양륜이 날아들고 있었다.

앞뒤로 포위된 형국.

태양륜이 뿜어내는 예기는 휘 조차도 쉽게 볼 수 없는 것이었고.

우웅.

기다렸다는 듯 혈룡검이 울음을 터트린다.

"그래. 함께 해보자."

쩌정!

검의 울음에 답하며 휘가 벼락같이 검을 휘둘러 정확히 태양륜을 쳐낸다.

만년한철로 만들어졌다곤 하지만 혈룡검 역시 보통의 재질로 만들어진 검이 아니었다.

휘횡!

척!

날아간 륜은 마치 의지가 있는 것처럼 허공에서 방향을 틀더니 전륜천왕의 팔목에 채워진다.

두 개의 륜이 매섭게 돌아가며 날카로운 소리를 울리고.

"제법이로구나. 태양륜을 버텨내는 검이라니."

"글쎄… 언제까지 여유를 부릴 수 있을까?"

"흥!"

파밧!

다시 한 번 태양륜이 하늘을 난다.

이번엔 그도 몸을 날렸고 남은 륜 하나를 재차 날린다.

위에서 륜이 떨어져 내리고, 앞에서 륜이 치고 들어온다.

어느새 옆으로 돌아간 놈의 장력이 날아들지만 휘는 신경 쓰지 않았다.

쩌정! 쩡!

퍽!

혈룡검으로 두 개의 태양륜을 쳐내고 놈의 장력은 몸으로 맞는다.

그에 미소를 띄우던 전륜천왕.

미소는 길지 않았다.

타탁!

륜을 회수하는 그의 왼 손이 퉁퉁 부어오른다.

"네놈… 뭐냐?"

"또 그 소리?"

재미있다는 듯 되묻는 휘.

놈에게 장력을 격중 되었지만 휘에겐 상처하나 없었다. 반대로 공격한 놈의 손뼈가 부러졌다.

그렇지 않아도 단단한 몸을 가진 휘다.

혈마공을 익히며 반탄강에 대해 배웠고, 익혔다.

즉, 장력에 적중되는 그 순간 강한 반탄력으로 충격을 되돌려 버린 것이다.

자신의 공격에 자신이 상처를 입은 것이나 마찬가지인

셈이다.

으득!

이를 악문 전륜천왕이 내공을 끌어올린다.

위이잉!

그러자 태양륜이 빛을 뿌리며 귀를 울리는 소리가 더욱 강해진다.

소리를 듣고 있으면 있을수록 정신이 어지러워져야 정상이지만, 그건 어디까지나 일반인들에게 통하는 것.

휘와는 전혀 상관이 없었다.

그의 신체는 어지간한 충격으론 상처를 줄 수 없다.

이는 저런 방식의 공격이라 해서 다를 것이 없었다. 특히 혈마공을 익히며 신체적 특징은 더욱 상승했다.

"흡!"

파팟!

위이잉!

날카롭게 날아드는 태양륜 하나를 피해내고, 하나를 혈룡검으로 쳐낸다.

뒤로 날아간 태양륜이 숲의 나무를 날카롭게 베어내고.

콰콰콱!

튕겨낸 태양륜이 땅에 파고든다.

그 회전력이 얼마나 좋던지 반쯤 파묻히고서도 회전을 멈추지 않았다.

"생각보단 별 것 아닌데?"

웃으며 휘가 혈룡검을 흔든다.

우웅, 웅.

마치 휘의 말이 맞다는 듯 웃어대는 혈룡검.

"이노오옴!"

자신이 모욕당했다 생각한 전륜천왕의 얼굴이 벌개진다.

그리고.

쾌곽! 콱!

두 개의 태양륜이 어느새 그에게 회수되고.

대체 어떤 방식으로 그리 되는 것인지 알 순 없었다. 알 생각도 없지만 아직까진 그리 까다롭지 않았다.

서장 최고의 무인이라더니 그 실력은 진짜였지만 아쉽게도 지각주였던 파천권에는 미치지 못했다.

당연한 이야기일 터다.

일월신교 안에서도 손에 꼽히는 강자인 그와 비교 할 수 있는 자는 무림을 통 털어도 몇 사람 되지 않을 테니까.

재차 태양륜을 날리고선 빠른 속도로 이동을 시작하는 전륜천왕.

그의 신형이 휘를 중심으로 전후좌우상하를 가리지 않고 빠르게 이동을 한다.

날아간 태양륜이 공격에 실패하면 스스로 받아 다시 던진다. 그 일련의 동작이 무척이나 빠르고 경쾌하다.

어지간한 무인이었다면 금세 당했을 테지만.

스스슥.

휘완 관계없는 이야기였다.

자고로 이런 방식은 상대보다 자신이 빠를 때 통용된다.

헌데 휘의 움직임은.

이미 천하제일이라 불러도 좋았다.

그렇게 전륜천왕을 상대로 휘가 싸우는 동안 차돌의 활약은 그야 말로 눈이 부셨다.

콰직!

상대를 신경 쓰지 않고 마음 것 써먹어대는 천마신공은 그 이름처럼 막강한 위력을 발휘했다.

아직 완벽하지 않고, 사용에 있어서도 미숙함을 드러내고 있음에도 밀교의 정예를 상대로 압도적인 모습을 보여주고 있었다.

우웅.

콰지직!

그야 말로 거침이 없었다.

"흐하! 이거 죽이네!"

그 강렬한 쾌감에 차돌의 얼굴엔 환희로 가득하다.

오랜 시간 참아온.

참고 또 참아온 환희가 단숨에 폭발하는 것 같았다.

또 다시 이런 환희를 느껴 볼 수 있을까 싶을 정도로.

그때 그의 귓가에 휘의 목소리가 들려온다.

"와, 변태다."

"누, 누가!"

버럭! 화를 내는 차돌.

하지만 그의 얼굴을 본 사람들이라면 휘의 말에 동의할 터다. 그만큼 너무나 강렬한 인상을 지었으니까.

"헛차!"

눈앞을 지나가는 검을 피해내고 단숨에 상대의 머리를 후려갈긴다.

이곳에 남은 정예의 마지막이었다.

"나 변태 아냐! 어디가서 그런 소리 하지 마라!"

"그럼 여기 와서 여기 좀 처리해라. 이제 슬슬 귀찮다."

"오!"

휘의 말에 화색을 띄며 달려드는 차돌.

빠르게 상대를 바꾼 차돌이 얼굴이 일그러지는 전륜천왕을 놀리듯 웃었다.

"크하하하! 떨어지는 놈들끼리 붙어 보자고!"

"크아아악!"

결국 비명이 섞인 고함을 토해내고 만다.

이제까지 휘가 놈을 처리하지 않고 버틴 이유 중 하나가 바로 이것이었다.

조금이라도 차돌에게 경험을 쌓게 해주고 싶었다.

전륜천왕 정도면 차돌에게 큰 도움이 될 터다.

저벅저벅.

놈에게 상대를 맡기고 휘는 편안한 걸음으로 화려한 가마를 향해 다가섰다.

그리고 가마 문을 여는 순간.

파앗!

날카로운 검이 찔러 들어왔다.

턱!

쩌정!

어렵지 않게 검을 손으로 붙든 뒤 반대로 부셔버렸다.

맨손이었지만 상처 하나 남지 않는다.

"이 괴물!"

자신의 공격이 통하지 않았음에도 그녀는 품에서 소검을 꺼내어 몸을 날려 온다.

그녀 스스로 혼신을 힘을 다하는 것이지만.

'느리군. 느려.'

휘에겐 하품이 나올 정도로 느렸다.

투확!

그 결과는 간단했다.

하늘로 떠오르는 머리.

땅으로 쓰러지는 몸.

튀어 오르는 피.

꺄아악!

남은 세 비의 비명소리가 들린다.

가마 안으로 들어가자 이보다 화려 할 수가 없었다.

상석에 길게 누운 채 기절한 여인과 그녀의 주변에서 몸을 부들부들 떨고 있는 세 여인.

무공은 익힌 것 같지만 실전 경험이 없는 듯싶다.

전형적인 무림가의 규중처녀.

무공을 익히긴 했으나 쓸 줄은 모르는 여인들.

"나가. 죽고 싶지 않으면."

휘의 말을 기다렸다는 듯 밖으로 뛰쳐나가는 그녀들.

어차피 밖에는 그녀를 막아서는 자들도 없으니 무방할 터다. 이곳에서 살아나가는 것은 별개로 쳐도.

"흠… 특별한 건 없어 보이는데."

그 말처럼 니르바나라는 이름에 어울리는 특별함이 그녀에게서 조금도 보이지 않았다.

그나마 눈에 띄는 것이라면 또래들 보다 좀 예쁘다는 것 정도? 휘의 입장에선 그것뿐이었다.

주변에 화령을 비롯해 파세경, 모용혜… 중원 전역에서 손에 내꼽는 미인들을 곁에 두고 있으니 이런 말이 나오는 것이지만.

어쨌거나 휘가 보았을 때 그녀에겐 특별한 것이 없었다.

"왜 니르바나가 된 거지?"

궁금하지만 답을 해 줄 사람이 없다.

기왕 쓰러진 것 좀 더 푹 자라고 수혈을 눌러 준 뒤 어깨에 들쳐 멘다.

모양새가 좋지는 않지만 어떠랴.

누가 보는 것도 아닌데.

밖으로 나가자.

쿠오오오!

하늘 높이 솟아오른 차돌의 몸 주변을 강하게 맴도는 마기!

"천마군림보!"

콰콰콱!

아주 대놓고 천마신공을 쏟아내는 차돌을 보며 짧게 혀를 찬 휘는 먼지가 덮치기 전에 몸을 옮겼다.

산 정상에 오르자 산 밑의 상황도 보인다.

암영들이 투입된 현장은 팽팽하게 균형을 유지하고 있었다.

적은 숫자로도 상황이 팽팽해지자 지휘부에서 기고만장해 소리를 내지르고 있지만, 그게 먹혀들 리 없다.

전황을 유지하고 있는 것은 암영들이니까.

암영이 빠지면 어떤 상황이 펼쳐지게 될지 뻔하지만 휘는 미련 없이 명령했다.

ㅡ퇴각.

전음이 날아가고 얼마 지나지 않아 곳곳에서 활약을 하던 암영들이 하나 둘 빠져나오기 시작한다.

밝은 대낮임에도 불구하고 누구하나 암영의 움직임을 눈치채는 자가 없었다.

제법 실력이 있는 자들은 투입과 동시에 목을 베었기 때문이다.

그렇게 암영들이 빠져나가자 전황을 유지하던 힘이 사라

지고 서장 무인들의 일방적인 공격이 이어졌다.

비명소리가 난무하는 그곳을 뒤로하고 휘는 어깨에 니르바나라 불리는 소녀를 업고 몸을 피했다.

"니르바나라고 부르기는 한데 어떤 식으로 정해지는 건지는 우리도 몰라. 솔직히 거기까지 알아낸 것만 해도 대단한 거라고 생각하지 않아? 그땐 우리가 잘나갔거든."

"지금은 거지지."

"거지 아니거든!"

휘의 한 마디에 발끈하는 차돌.

하지만 더 이상 말을 할 수 없었다.

생각해보니 그랬던 것이다.

천탑상회의 지원도 휘 덕분이고, 천마신공도 휘 덕분이다. 만약 휘와 인연을 맺지 못했다면… 신교의 부활은 사실상 깜깜한 미래일지도 몰랐다.

'게다가 아영이 오빠기도 하고.'

그게 제일 큰 이유인 것 같지만.

"근데 어쩌시려고 데려 오신 거예요? 여기서 키우기엔 좀 무리가 있어 보이는데요."

모용혜의 말에 휘가 볼을 긁적인다.

사실 데려오긴 했지만 딱히 어찌하겠단 생각은 없었다. 그 자리에서 죽이는 게 제일 편하긴 했는데, 어딘지 모르게 죽이고 싶은 생각이 들지 않았다.

난생 처음 있는 일.

"좋은 방법 없을까?"

오히려 물어오는 휘를 보며 모용혜는 어색하게 웃었다.

"일단… 깨어나길 기다리죠. 깨어난 뒤에 물어보고 결정하는 게 낫겠어요. 원하면 다른 지역에 혼자서 살게 하는 것도 나쁘지 않겠죠. 세가에 도움을 청하면 될 일이니까요."

"흠, 그것도 나쁘지 않겠지."

"으음…."

그녀의 처분을 두고 고민하던 그때 신음과 함께 마침내 니르바나가 깨어났다.

이곳에 데려오고 꼬박 이틀 만이었다.

"무, 물…."

목이 마른 것인지 메마른 목소리가 흐르고, 재빨리 준비한 물을 모용혜가 조심스레 머리를 받쳐 입에 흘려준다.

꿀꺽, 꿀꺽.

한참을 물을 받아먹은 그녀가 서서히 정신을 차린다.

수분이 몸에 돌면서 자신에게 무슨 일이 생겼던 것인지 깨달은 것이다.

정확하게는 기련파의 흔적을 보다 기절했기 때문에 뒷일은 조금도 몰랐지만.

"여긴 어디죠? 그리고 누구시죠?"

물을 먹여주기에 자신의 시비인 줄 알았다.

헌데 정신을 차리고 보니 전혀 아니었다.

처음 보는 장소, 처음 보는 사람들.

당황 할 법도 하건만 그녀는 침착했다.

이런 일을 전에도 겪어본 적이 있는 모양이었다.

"꽤 침착하군. 경험이 있는 모양이야."

"아니면 간이 커서 일 수도 있지."

"좀 닥치고 있지?"

휘의 일갈에 차돌이 입을 삐죽이며 물러선다.

그리고 자신을 바라보고 있는 그녀에게 물었다.

"이름이 뭐지?"

"네?"

"이름."

"니… 아."

습관적으로 니르바나라고 대답하려다가 그제야 그가 그
것을 묻는 것이 아니라는 사실을 깨달은 그녀가 재차 입을
열었다.

"기태연. 제 이름은 기… 태연이예요."

주르륵–.

눈가를 따라 흐르는 눈물.

기태연이라는 이름.

그 이름을 말해 본 것이 얼마만의 일인지 모른다. 그리고
한 가지 더.

이곳이 자신을 니르바나라 부르며 숭배하던 자들이 있던
곳이 아니라는 것도.

저들이 자신을 해치지 않을 것이란 것도.

뭐라 말 할 수 없는 감정에 휩싸이며.

자신도 모르게 폭풍 같은 눈물을 쏟아내었다.

그만큼.

그곳은 힘들었다.

정신적으로.

잠시 후 정신을 차린 그녀에게 휘는 궁금한 것들을 물었
지만 아쉽게도 그녀 스스로도 알고 있는 것이 거의 없었다.

신처럼 대접을 했다는 것과 그러면서도 귀한 인형 취급
을 했다는 정도는 알 수 있었다.

무너진 기련파를 떠난 그녀는 먹고 살기 위해 이런저런
일을 시도했고, 그때마다 번번이 실패했다.

집에서 귀하게 자란 그녀가 제대로 된 일을 할 수 있을
리 없었다.

그러던 때에 하필이면 납치가 되었고, 그 과정에서 저들
에게 구해졌던 것이다.

니르바나라 불리게 된 것도 그때였다.

"기련파의 아가씨였다면서 무공을 익히지 않았나?"

휘의 물음에 그녀는 고개를 끄덕였다.

"기련파의 무공은 여성들에게 맞지 않기 때문이기도 하
지만, 제가 무공을 익히기엔 소질이 너무 없어서…."

"흠. 그런가."

간단하게 납득해버리고 마는 휘.

소질이 없어서 무공을 익히지 못했다고 하는데 뭐라 하
겠는가. 실제로 그녀에게서 무공의 흔적도 보이지 않고.

그러는 사이 해가 저물어 간다.

"네가 원하는 것이 있나? 필요하다면 약간의 금전 지원
과 함께 집을 마련해주마. 이곳에 머물기엔 넌 위험하다."

"…며칠만 말미를 주세요. 너무 갑작스러워서 아무런 생
각이 안나요."

"좋아. 그럼 쉬도록."

휘의 말에 모두들 자리에서 일어서서 방을 빠져 나간다.

혼자 남게 된 기태영.

작지 않은 방이지만 혼자 있다는 것에 그녀는 기뻤다.

누군가의 감시를 신경 쓰지 않아도 된다는 것.

그것 하나에 그녀는 기뻐하고 있었다.

다만 고민되는 것은 앞으로의 미래였다.

무공을 할 줄 모르는 그녀는 무림에서 살 수 없다. 세상
에 뛰어들어야 하는데, 그것도 쉽지 않은 일이었다.

결국 고민이 길어 질 수밖에 없었다.

하지만 의외로 그녀의 진로는 다음 날 바로 결정되었다.

"이건 여기서 틀렸어요. 여기도 오류가 있구요. 이건…
이거랑 비슷하니까 과정을 줄이면 비용을 줄일 수 있지 않
을까요?"

파세경의 서류를 본 기태영은 자신도 모르는 사이 이곳 저곳을 짚어가며 이야기를 했고, 그것을 확인한 파세경은 자리에서 벌떡 일어나 그녀의 손을 잡고 휘에게 향했다.

쾅!

"휘님!"

거칠게 문을 열고 들어오는 그녀를 놀란 눈으로 바라보는 휘.

어떤 경우에도 놀라지 않던 파세경이 크게 흥분하고 있었고, 그 손엔 기태영이 잡혀 있었다.

"무슨…."

"이 얘 저 주세요! 제가 데리고 갈게요! 이 애는 상계에서 살아야 해욧!"

"…마음대로 하도록."

강력하게 주장하는 그녀의 패기에 휘는 고개를 끄덕이지 않을 수 없었다.

좌우로 흔들었다간 어떤 일이 벌어질지 몰랐다.

파세경의 입장에선 그야 말로 하늘에서 복덩이가 떨어진 격이었다.

그렇지 않아도 일이 늘어나며 사람이 부족했다.

헌데 마음에 드는 사람이 없어 고민이었는데, 단숨에 해결이 되어버린 것이다.

"역시 휘님은 제 인생의 등불이에요!"

"…그래."

"가자! 이 언니가 다 가르쳐줄게! 호호호!"

그녀의 강력한 힘에 끌려 다니는 기태영.

하지만 그 표정이 결코 싫어 보이지 않는다.

"와… 폭풍이네. 폭풍."

휘의 집무실 한쪽에서 차를 마시며 모든 상황을 지켜본 차돌이 고개를 흔든다.

"나도 이런 일은 처음이다."

"매번 이러면 버틸 수가 없지."

"천마신공은 어때?"

"괜찮았어. 실전 감각이 모자라서 적제적소에 쓰지 못하는 것 같긴 한데… 이것만큼은 경험이 해결해줄 문제지."

진지한 차돌의 말에 휘도 동의했다.

사실 차돌뿐만 아니라 휘도 실전을 필요로 했다.

문제는 휘를 상대할 만한 고수가 많지 않다는 것.

목숨을 내걸고 한 번 싸울 때마다 크게 성장하는 것이 느껴질 정도였지만, 아쉽게도 그런 상대를 매번 만날 수 있겠는가.

어려운 일이다.

"밀교 놈들이 이대로 물러날까?"

차돌의 물음에 휘는 대답하지 않았다.

휘 스스로도 알 수 없었기 때문이다.

다만 기태영의 말대로라면 휘가 잠시 상대하다 차돌에게 건넨 놈이 밀교의 대장이라 했다.

윗대가리가 죽었으니 최소한 당분간은 움직이지 못할 터다.

"하긴 그거야 나중에 알 문제고. 그래서 다음 목표는 뭐야?"

"고민 중이다."

"고민? 네가?"

"그래."

고개를 갸웃거리는 차돌.

언제나 계획적으로 움직이던 휘였기에 고민 중이라는 말이 어울리지 않게 느껴진다.

"고민할게 뭐가 있어. 어차피 상대해야 하는 놈들인데. 그냥 가까운 곳부터 대충 처리하면 되는 거 아냐?"

"…단순해서 좋겠다."

"뭐?!"

놀리듯 툭 내던진 말에 차돌이 격하게 반응하지만 휘의 머릿속은 반대로 맑아졌다.

어딜 공격해야 효율적일까만 따졌지 쉽게 생각하지 못하고 있었다.

차돌의 말처럼 가까운 곳부터 치면 되는 것이다.

이미 일월신교에 대해선 무림에 많이 알려졌다.

아직도 반신반의 하는 자들이 있으니, 지금부턴 증거를 하나씩 배포할 차례였다.

때마침 정도맹이 세워졌으니 잘 먹힐 터다.

'얼마나 많은 간자를 심어 놓았는지 모르겠지만. 막아서
는 것도 한계가 있는 법이지.'

놈들이 모든 것을 막을 순 없다.

아니, 아예 막을 수 없을 정도로 많은 증거를 단박에 뿌
려버릴 생각이었다.

낚시 바늘에 꿰인 대어를 낚느냐, 못 낚느냐는 순전히 낚
시꾼의 실력이다.

그리고 휘는 자신이 있었다.

대어를 낚을 자신이.

暗歸 君要殺 32章

32 章

"살려줘요, 제발. 살려주세요."

힘이 다 빠진 목소리.

손가락하나 까딱하지 못하는 상태로 그는 입만 달싹거리며 이야기했다.

나름 낼 수 있는 최고의 목소리였지만, 안타깝게도 코앞에서 들어도 듣지 못할 정도다.

빛 한 점 들어오지 않는 그곳에서 죽는구나 싶은 찰나.

끼이익.

귀를 찌르는 소리와 함께 빛이 몰려들어온다.

"으윽."

눈을 찌르는 빛에 눈을 감았음에도 강렬한 통증이 밀려

오고.

처척, 척!

두꺼운 수건으로 눈을 가리고 양 옆에서 건장한 사내가 몸을 부축한다.

"4816번. 축하한다. 네게 기회가 왔다."

무미건조한 목소리가 들려오지만 사내는 이미 한계였다. 그리고 정신을 잃었다.

"4816번 정신이 드나?"

"여…긴?"

누군가가 부르는 소리에 눈을 뜬다.

어두운 동부.

미약한 불빛이 주변을 밝혀준다.

전에처럼 눈이 아프지 않고 아주 편안했다. 게다가 힘이 하나도 없던 몸이었다곤 믿을 수 없을 정도로 강한 힘이 몸을 맴돌고 있었다.

"정신을 차렸군."

자신을 보며 히쭉 웃는 마름모꼴의 얼굴을 한 사내.

눈이 찢어져 있어 결코 잘생긴 얼굴이라 할 수 없는 사내의 모습이지만 그는 어디서 본 것 같다고 생각했다.

"처음 이곳에 온 뒤로 이번이 두 번째 만남이지?"

"처…음."

"그래. 처음."

"처음… 크아악! 너! 이 개자식아!"

철커덩! 철컹!

순간 첫날의 기억이 떠오른 사내가 벌떡 몸을 일으키며 그에게 달려들려 했으나.

온 몸을 구속하고 있는 쇠사슬은 결코 사내가 자리에서 일어서는 것을 용납지 않았다.

"크아아악! 죽여 버릴 거야!"

"클클클. 다들 여기에 오면 그러더라고. 그래도 곧 내게 감사하게 될 거야. 죽어가던 네게 은혜를 베푼 것은 나니까."

"네놈! 네놈이 여기에 날 잡아오지만 않았어도!"

"에헤! 그런 사소한 건 잊어버리자고!"

웃으며 말을 하는 그.

하지만 그 모습이 지독하게도 미워 보인다.

사내가 발광을 하든 말든 그는 자신이 할 말만 이어서 했다.

"지금 네 몸에는 힘이 넘칠 거야. 그래서 이런 쇠사슬로 몸을 구속시켜 놓은 거지. 네 몸에서 넘쳐나는 힘은 대단하긴 하지만 그 효과가 오래가진 않아. 주기적으로 약을 먹어야 하니까."

"너어어어!"

"밖이 그립지? 이제 곧 밖으로 나갈 수 있을 거야."

"죽여버리겠어어!"

"그런데 그냥 내보내면 별로 재미가 없잖아? 그래서 준비했어."

짝짝.

박수를 두 번 치자 동부의 한쪽 벽면이 굉음과 함께 열리기 시작한다.

쿠구구.

쿠궁!

"너! 너어어어!"

그곳에 있는 이들을 본 사내가 미처 날뛰려 하지만 그 전에 그가 말했다.

"네 가족을 살리고 싶으면 시키는 일을 잘해. 그러면 너를 포함해서 모두가 행복하게 살았습니다~ 를 할 수 있어. 알겠지?"

재수 없는 눈에 재미있다는 감정이 듬뿍 실려 있다.

그 눈을 보면서도 사내는 뭐라 말을 할 수 없었다.

그리곤 벽면을 다시 본다.

그곳엔.

그의 노모와 아내. 아들이 벌벌 떨며 잡혀 있었다.

"자, 선택해. 일을 할래, 말래?"

"…하겠다."

"그래! 멋진 선택이야!"

짝짝짝!

진심으로 축하한다는 듯 박수를 치며 좋아한 그가 사내를 보며 말했다.

"4816번. 넌 지금부터 술래가 되는 거야. 잡히면 죽는 거지만, 도망치면 사는 거야. 아주 쉽지?"

"정확히… 뭘 하면 되는 거지?"

사내의 물음에 그가 답한다.

"뛰어. 죽을 때까지."

"단순히 뛰기만 하면 되나?"

"아니. 죽을 때까지 뛰어. 그러면 살 수 있을 테니까."

놈이 짓는 미소가 불길하지만 사내는 이를 악물었다.

놈이 가족들을 살려 준다는 약속도 사실 믿을 수 없다. 하지만 지금 상황에선 지푸라기라도 잡는 심정으로 어쩔 수 없었다.

가족들이 보는 앞에서 포기 할 순 없으니까.

자신이 할 수 있는 최선을 다해야 했다.

으득!

"하겠어. 가족들을 살려 준다면 얼마든지!"

"그래! 그거야! 자, 약은 모두 다섯 개! 힘이 떨어지면 먹되, 한 번에 다 먹으면 안 돼. 명심해. 힘이 떨어지면 하나씩이야."

"…알겠다.

"헉, 헉!"

턱 끝까지 숨이 차오른다.

당장이라도 멈추고 드러눕고 싶지만 그럴 순 없었다.

4816번이라 불렸던 사내는 뛰고 또 뛰었다.

덜덜덜.

그러다 어느 순간 한계에 달하자 몸이 떨리기 시작하며 몸 안에 충만하던 기운이 쭉 빠진다.

"큭!"

재빨리 품에 손을 넣어 네 번째 약을 집어 삼킨다.

그러자 언제 그랬냐는 듯 몸이 원래대로 돌아오고, 호흡도 숨을 쉴 수 있을 정도로 변한다.

파바밧!

다시 달리는 사내.

놈의 말처럼 정말 죽을 것처럼 달렸다.

오직 가족을 위해서.

"잡아라! 색마 완용이가 여기에 있다!"

"이쪽이다!"

자신의 이름과 전혀 다른 이름으로 불리며 쫓기고 있지만 사내는 상관없었다.

어차피 알고서 시작한 것이다.

살고 싶으면 뛰어야 하고, 죽고 싶다면 서면 된다.

대신 서면 가족도 죽는다.

그렇기에⋯ 그는 뛸 수밖에 없었다.

그렇게 뛰던 그가 멈춰 섰다.

콰드득!

텅! 텅!

끝이 보이지 않는 천장단애 때문이었다.

"와아아아!"

"놈을 몰아넣었다!"

밑에선 사람들이 포위를 하며 올라온다.

더 이상 도망칠 구석이 없자 품에 손에 넣어 마지막 약을
꺼내든다.

어차피 약효과도 이제 끝나가고 있었다.

"제길! 그래도… 그 개자식도 사람이라면 가족은. 가족
은 건드리지 않겠지. 빌어먹을!"

천천히 몰려드는 사람을 보며 마지막 약을 입에 넣는 순간.

"어?"

울룩, 불룩!

이제까지와 다르게 몸이 부풀어 올랐다, 가라 앉았다를
반복한다.

뭔가 이상하다 싶은 그 순간.

쾅-!

폭발했다.

그 흔적도 없이.

"나쁘진 않습니다."

멀리서 상황을 보던 놈의 말에 사내, 장양운이 만족스럽
게 고개를 끄덕인다.

"약의 성능은 더 끌어올릴 수 있나?"

"가능은 합니다만, 이쪽이 좀 더 오래 써먹을 수 있습니다."

"만약을 대비해서 강력한 것도 만들어 놔. 어차피 써먹고 버려야 하는 놈들이니까."

장양운의 말에 사내는 광기 가득한 미소로 고개를 숙였다.

"최선을 다하겠습니다."

"좋아. 열흘 안으로 무림에 열 놈만 풀어보자. 철저히 다른 곳엔 비밀로 하도록. 말 안 해도 알겠지?"

장양운의 말에 그는 말없이 웃으며 고개를 숙인다.

"그래. 새로운 방법을 찾을 때도 됐어."

잔인한 미소가 그의 입가에 맺힌다.

〈4권에서 계속〉

인류 최고의 실력자 한성!
절대자에게 벗어나기 위한 최후의 싸움에서
동료에게 배신을 당한 채 죽음을 맞이하는 순간!

[패시브! 회귀 스킬 작동합니다!]

회귀 스킬로 인해 각성하기 전으로 돌아온 한성!
회귀 전의 스킬이 고스란히 잠재된 그의 스킬창.
탑재되어 있는 스킬을 사용하기 위해서
남은 것은 광속 렙업뿐!

절대자로 인해 거대한 게임의 세계로 변한
세상을 구원하기 위해
회귀 전의 실수를 하지 않기 위해
다시 시작하게 된 새로운 삶에서
고독한 그의 절대적인 행보가 시작된다!

신분상승 가속자

철갑자라 현대판타지 장편소설

NEO MODERN FANTASY STORY

어느 날 갑자기 찾아 온 지옥같은 밤의 세계!
꿈이라 치부했던 현상이 다시 없을 기회로 찾아왔다!

밤에는 꼭대기 층을 알 수 없는 던전의 마물로
낮에는 돈없는 대한민국의 을로 살던 나에게
홀연히 찾아온 막강한 권능들!

[뫼비우스의 초끈을 습득했습니다.]

치열한 밤 세계의 서열이 올라갈 수록
그의 낮시간도 신분상승을 겪는데
낮과 밤을 엮어주는 뫼비우스 초끈과 미러 퀘스트로
비범하게 신분을 뒤바꾸어라!

그의 평범하기 그지 없던 밑바닥 신분이
걷잡을 수 없이 상승한다!

철갑자라 현대판타지 장편소설

[신분상승가속자]!